NOUVELLES ET ANECDOTES

MES SOUVENIRS

ESSAIS LITTÉRAIRES

PAR AUGUSTE COOK

BORDEAUX
Paul CASSIGNOL, imprimeur, 3, rue Arnaud-Miqueu.
— 1889 —

A ma chère Elina, ma compagne dévouée,

Je dédie ce recueil.

LA BRISE DES PRAIRIES

(NOUVELLE)

(1)

LA BRISE DES PRAIRIES

(NOUVELLE)

Je venais d'achever mes études à l'université de Saint-Louis dans le Missouri, et muni de mon diplôme de docteur en médecine, j'entrais dans la vie par la porte d'or de la fortune.

Avant de me mettre sérieusement au travail, avant de me sacrifier pour les personnes qui voudraient bien me confier le soin de leur santé, je résolus de mettre à exécution un projet depuis longtemps remis, mais toujours présent à ma pensée.

Ayant beaucoup lu les ouvrages parlant de la vie aventureuse des prairies et, passionné par cette lecture, je m'étais promis, après l'achèvement de mes études, quelques mois de vacances pour faire une excursion dans le pays des Delawares, certain, que j'étais, d'être bien accueilli par un des chefs de la tribu, l'Elan-Noir, que j'avais vu plusieurs fois à Saint-Louis où il était venu vendre quelques pelleteries à mon père, notable commerçant de la ville.

Depuis un an j'étais seul; la mort de mes parents m'avait fait maître d'une grande fortune de laquelle je pouvais disposer.

Monté sur un excellent cheval de race, bien armé et suivi de mon fidèle nègre Nab, je dis adieu à mes amis et à ma ville natale, le 25 juillet 18...

Mon compagnon avait eu la précaution d'emmener avec nous un mulet destiné à porter nos provisions ainsi que quelques présents que je voulais offrir à mes hôtes du désert; il n'avait pas oublié non plus mes deux chiens, deux magnifiques Danois qui répondaient aux noms de Jack et de Duna.

Je vous ferai grâce des détails de notre voyage jusqu'au jour où nous entrâmes dans la prairie, immense territoire inconnu, composé de terrains incultes, où le chasseur ne rencontre ni habitations, ni traces de civilisation.

Ce vaste désert est entremêlé de sombres forêts aux sentiers mystérieux et de prairies à la végétation luxuriante.

Les herbes hautes et épaisses ondulent au souffle léger du vent; on dirait une mer aux vagues molles et cadencées, ou un immense tapis aux couleurs variées; de nombreux cours d'eau, fleuves ou rivières arrosent la grande prairie; c'est là que vivent les tribus indiennes; c'est là que vous rencontrerez, errant au hasard, les chevaux sauvages, les buffles, les bisons, les élans et une foule d'autres animaux bien souvent inconnus.

Je devais rencontrer mon ami le Delaware non loin de la ligne des Prairies, sur le bord d'un petit ruisseau sans nom qui coule non loin de la zone civilisée.

Le soir du quinzième jour de notre voyage, nous arrivâmes au lieu du rendez-vous; mon Indien y était déjà avec deux guerriers de sa tribu.

La présentation fut vite faite; peu causeurs de leur naturel, les Peaux-Rouges se tiennent dans la réserve et parlent le moins possible; même en présence de la mort, ils conservent toujours leur stoïcisme.

Le campement était déjà établi, le souper nous attendait; c'était un quartier de venaison que mes hôtes avaient fait cuire sur un feu ardent; la provision de rhum que nous avions avec nous fut mise à contribution pour arroser ce repas de chasseurs

Après avoir soupé de bon appétit, les pipes furent bourrées et, pendant près d'une demi-heure, le dos tourné vers le feu pour que sa clarté n'empêchât pas de distinguer l'approche des ennemis qui pourraient venir rôder autour du campement, nous fumâmes sans prononcer une parole.

La nuit était venue, il fallut songer au repos, chacun aurait dû veiller à son tour, mais se fiant peu à ma vigilance, l'Elan-Noir me conseilla de dormir, il veillerait avec ses deux compagnons. Il s'agit surtout, en pareil cas, d'entretenir le feu destiné à éloigner les bêtes fauves.

Le lendemain, reposé par un sommeil ininterrompu, je fus prêt à suivre mes guides qui rentraient à leur village, situé à cinq jours de marche du lieu de notre campement.

LA BRISE DES PRAIRIES

(NOUVELLE)

(Planche I). Saint-Louis (Le Port)

(2) LA BRISE DES PRAIRIES

(NOUVELLE)

Pendant le cours de la journée, le Renard-Bleu, un des guerriers Indiens signala un troupeau d'élans qu'il venait de voir à peu de distance de la route que nous suivions.

L'Elan-Noir résolut de leur donner la chasse; il nous fit cacher derrière un bouquet de jeunes arbres et après s'être couvert d'une peau d'Elan, il s'avança en rampant vers les animaux qu'il voulait chasser.

Son stratagème lui permit de s'approcher assez près du troupeau pour qu'il pût tirer à son aise et tuer une jeune femelle ce qui nous donna, pour le soir, un excellent repas.

Mes chiens se lancèrent bien à la poursuite des fuyards, mais ils coururent en pure perte, ils durent nous rejoindre peu de temps après fatigués de leur course inutile.

Notre arrivée au village fut annoncée par des coups de fusils tirés par notre petite troupe; mon ami étant un des chefs les plus importants de sa tribu, bon nombre de guerriers vinrent à notre rencontre et notre entrée dans le village fut presque triomphale.

L'Elan-Noir me conduisit directement à son wigwam ou sa jeune femme, l'Oiseau-qui-Chante, nous attendait en berçant son petit enfant.

Peu d'instants après, les chefs se réunirent dans la hutte du conseil pour assister à ma présentation qui devait être faite par mon ami l'Elan-Noir.

Les guerriers prirent place autour du feu du conseil; le porte-pipe apporta le calumet au milieu du cercle; après s'être respectueusement incliné vers les quatre points cardinaux, il présenta, à tour de rôle, le long tuyau à chacun des assistants qui en aspirèrent silencieusement une forte bouffée. Lorsque le calumet eut fait le tour de l'assemblée, le porte-pipe en vida les cendres dans le feu, en conservant dans sa main droite le foyer de la pipe; puis il se retira lentement après avoir prononcé quelques paroles cabalistiques.

Le chef le plus ancien se leva, c'était un vieillard respecté de toute la tribu et nommé la Tête-d'Aigle : Que mon frère l'Elan-Noir parle, nos oreilles sont ouvertes.

A son tour celui-ci se leva, et après s'être incliné devant l'assemblée : Guerriers, confiant dans votre amitié pour moi, heureux de ce que le maître de la vie nous aime, nous Peaux-Rouges, j'ai cru bien faire en vous priant de recevoir mon frère le Visage-Pâle comme un ami. Je vous ai parlé de lui, son cœur est d'or, il m'a toujours reçu comme un frère lorsqu'il m'a fallu aller au grand village où est son wigwam; aujourd'hui, je lui rends son amitié et j'espère que vous m'aiderez à lui faire trouver douce la vie de nos prairies. Je connais votre sagesse, hommes puissants!

L'Elan-Noir reprit sa place; les mains de tous les assistants se tendirent vers moi.

Que mon frère le Cœur-d'Or soit le bien venu, que le Maître de la vie veille sur lui, me dit le vieux chef la Tête-d'Aigle.

Pour répondre à un accueil si bienveillant, je ne pus prononcer que quelques mots : Je prie mes frères rouges de croire que mon cœur est sensible à leurs bonnes paroles; ma langue est impuissante à leur dire mes sentiments à leur égard, mais ils auront toujours en moi un ami dévoué.

J'étais accepté, je pouvais me considérer comme un membre de leur tribu, mon introduction avait été sanctionnée par les principaux chefs.

Le village de mes amis, les Delawares, était un village important; il avait été établi au centre d'une étroite vallée fermée de trois côtés par une séries de collines boisées. Les huttes étaient agréablement dispersées au milieu de nombreux massifs d'arbres et d'arbustes d'essences diverses, le tout formant un ensemble délicieux.

Au centre, une grande place servait de lieu de réunion; c'est là qu'était planté le poteau de guerre, non loin de la hutte du Conseil.

LA BRISE DES PRAIRIES

(NOUVELLE)

(Planche II). Il s'avança en rampant vers les animaux

(3)

LA BRISE DES PRAIRIES

(NOUVELLE)

J'ai passé-là des heures bien agréables, entre mon ami l'Elan-Noir, sa jeune femme et sa sœur la Brise des Prairies, jeune fille qui voyait briller son quatorzième printemps et que son frère élevait avec toute l'affection qu'un Indien est susceptible d'avoir pour un des siens.

L'amour de la famille est proverbial chez cette race d'hommes; ils ont le respect de la vieillesse ; pour leurs enfants, ils sont toujours prêts à faire les plus grands sacrifices. Notre temps s'écoulait dans une douce quiétude, tantôt à la chasse dans la prairie, quelquefois à la pêche sur la rivière.

Un jour, une chasse aux bisons fut décidée ; l'Elan-Noir devait emmener avec lui une dizaine d'Indiens de sa tribu, Nab resterait au camp avec mes chiens.

Au point du jour, notre petite troupe se mit en marche ; au moment du départ, mon amie la Brise des Prairies me remit un talisman qui devait, d'après elle, me préserver de tout accident ; ne voulant pas détruire la confiance superstitieuse de la pauvre fille et craignant de mécontenter mes hôtes, si je n'acceptais pas un présent toujours précieux à leurs yeux, je pris l'amulette que je serrais dans une des fontes de ma selle. Toute la journée se passa sans qu'il y eut traces de bisons dans la prairie ; le soir, le campement fut établi dans une vallée au fond de laquelle serpentait une rivière assez importante ; les provisions apportées du village composèrent notre souper qui fut mangé de bon appétit ; le repas terminé, chacun s'installa commodément pour passer la nuit, à l'exception de deux Indiens qui prirent la garde du camp.

La nuit était splendide, le ciel constellé d'étoiles répandait sur la terre une lumière douce et pleine de mystère,

Le désert était silencieux ; seuls, le souffle mélodieux de la brise et le houhoulement de quelque oiseau de nuit troublaient ce grand calme de la prairie.

Sur la berge de la rivière, les arbres et les arbrisseaux se dressaient comme des spectres, agitant leur ramure qui frémissait au souffle léger du vent ; le murmure de l'eau se mêlait aux mille rumeurs qui couraient dans l'air et aux cris sans nom qui sortaient des tanières invisibles du grand bois.

Lorsqu'il est en présence de cette immensité grandiose et de cette nature sublime, l'homme se sent plus près de son créateur, son âme s'agrandit, ses pensées s'élèvent ; le grand mystère de la nature fait qu'à chaque pas il voit le doigt de Dieu empreint sur les paysages qui, de toutes parts, s'offrent à ses regards.

Cette existence de la prairie a, pour ceux qui l'ont vécue, un charme indescriptible ; car c'est seulement au désert que l'homme se sent vivre, c'est là qu'il a conscience de sa force, c'est là, aussi, qu'il sait reconnaitre sa faiblesse.

Mollement couché sur un lit de mousse et de feuilles sèches, contemplant le ciel bleu et les étoiles, je songeais que depuis mon départ de Saint-Louis, je n'avais pas un seul instant regretté la vie civilisée, ma vie d'autrefois.

Entouré d'amis, toujours prêts à satisfaire mes moindres désirs, je vivais heureux, sans inquiétude, sans soucis ; laissant couler les jours dans leur monotonie douce, débarrassé des exigences de la Société ; la perpective de demeurer longtemps auprès de mes nouveaux amis n'avaient rien d'effrayant pour moi, et j'aurais accepté sans crainte la nouvelle existence qui s'offrait à moi.

Peu à peu, je me sentais gagner par le sommeil, mille fantômes légers et gracieux passaient devant mes paupières alourdies : c'était une jeune fille brune, à la chevelure longue et soyeuse, vêtue d'une robe en peau de bison, agrémentée de broderies bizarres ; elle me prenait par la main pour me faire entrer dans un sentier semé de fleurs et tapissé de mousse ; c'étaient des chasses fantastiques auxquelles je prenais part ; puis encore, puis toujours, l'apparition de la même fée au regard souriant.

LA BRISE DES PRAIRIES

(NOUVELLE)

(Planche III). La Brise des Prairies

(4) LA BRISE DES PRAIRIES

(NOUVELLE)

Il pouvait être trois heures du matin, un des guerriers de garde poussa le cri d'alarme;
— Qu'y a-t-il? demanda l'Elan-Noir.

Dans le lointain, venant des profondeurs reculées de la forêt; nous entendions s'élever un bruit étrange qui, bientôt, prenant des proportions formidables devint pareil au roulement sourd et saccadé du tonnerre.

Ce bruit qui à chaque instant se rapprochait, nous parut être occasionné par des piétinements rapides, accompagnés de froissements et de bris d'arbres et de rameaux. Inquiet, je ne comprenais rien à ce changement subit dans l'état de calme où était plongée la nature quelques instants auparavant.

— C'est une troupe de bisons qui se dirige vers l'Ouest, dit tout à coup l'Elan-Noir; Amis, garez-vous, tous en haut sur les arbres et qu'un grand feu soit allumé en avant.

L'ordre fut vite exécuté; le danger décuplait notre activité; le bruit se rapprochait d'une manière effrayante; on commençait à distinguer les mugissements rauques des bisons mêlés aux cris des jaguars qui accompagnent toujours ces animaux dans leurs migrations, harcelant les flancs de la colonne, et massacrant impitoyablement les trainards.

L'avant-garde des bisons apparut, au commandement de l'Elan-Noir, douze coups de feu éclatèrent, jetant bas neuf bisons.

La vue du feu que nous avions allumé et qui brûlait dans toute sa force, ainsi que la chûte de leurs compagnons fit ralentir, pour un instant, l'élan des animaux formant la tête de la colonne; mais l'indécision fut courte, poussés par ceux qui les suivaient, les premiers durent avancer, mais ils se divisèrent en deux courants pour entrer, tête baissée, dans la rivière qu'ils traversèrent à la nage pour recommencer sur l'autre rive, leur course affolée.

La phalange était serrée, l'eau de la rivière un instant refoulée revint mugissante pour couvrir de vagues écumantes la cohorte des hôtes sauvages de la prairie.

Il y avait bien près de vingt mille têtes dans cet immense troupeau, le défilé dura plus de deux heures, enfin les derniers bisons disparurent et le calme se rétablit peu à peu dans le désert.

Grimpés sur les arbres de la rive, nous avions assisté à ce défilé fantastique, usant notre poudre et nos balles à tirer dans la masse mouvante qui s'agitait sous nos pieds; lorsque le dernier bison eut traversé la rivière, il nous fut facile de compter sur la terre battue, une vingtaine de cadavres, dont plusieurs avaient été abimés, écrasés.

Notre campement avait été foulé aux pieds, partout se voyait la dévastation; des arbres brisés, le sol labouré, indiquaient seuls le danger que nous avions couru.

Le bison d'Amérique est un animal curieux; sa tête osseuse rappelle celle de l'auroch; elle est couverte, ainsi que la tête et les épaules d'une laine crépue qui devient très longue en hiver.

Les cornes sont noires et courtes, il les porte très basses; le poitrail est large, la croupe effilée, la queue grosse et courte; une bosse se trouve sur ses épaules. Cette bosse est formée de matières grasses, d'une grande consistance, le goût en est fin et délicat, c'est un mets très estimé des habitants des prairies.

Les migrations comme celle que je venais de voir sont fréquentes, il est dangereux de se trouver sur leur passage. Courant tête baissée à travers la prairie, rien n'arrête la colonne une fois qu'elle est formée; les rivières sont traversées, les précipices sont franchis, les obstacles sont surmontés; les arbres, les buissons, sont mis en lambeaux, il vaut souvent mieux avoir affaire à la crue subite d'une rivière, que de se trouver sur le passage de ces animaux.

Les bêtes abattues furent préparées, mes compagnons se mirent à l'œuvre, enchantés d'un pareil butin obtenu sans accidents et sans peine.

Après avoir soigneusement dépouillé chaque animal, les meilleurs morceaux furent mis à part pour être emportés au village; la peau du bison est très estimée des Indiens qui savent la préparer pour en faire des vêtements.

LA BRISE DES PRAIRIES

(NOUVELLE)

(Planche IV). Migration des bisons

LA BRISE DES PRAIRIES

(NOUVELLE)

Naturellement, le déjeuner se composa spécialement de viande de bison rôtie ; après un repas copieux et un repos de quelques heures, le produit de notre chasse fut chargé sur les chevaux, et notre petite troupe reprit joyeusement le chemin du village.

Notre retour fut sans incidents, mes compagnons étaient satisfaits de leur expédition, aussi notre entrée dans le village fut-elle saluée par les vivats et les danses de toute la tribu.

Je repris ma vie calme des premiers jours ; vie pleine de charmes, exempte des soucis et des tribulations de la vie civilisée.

Je n'oublierai jamais la chasse aux chevaux sauvages à laquelle il me fût donné d'assister ; elle fut pour moi la principale cause du grand changement survenu dans ma vie.

Un Indien de la tribu, en revenant d'une longue excursion dans la prairie avait rencontré à quelques journées du village une troupe de chevaux sauvages qui paraissaient devoir demeurer quelque temps dans le cantonnement qu'ils avaient choisi.

Une chasse au lasso fut décidée ; nous devions en chemin nous arrêter un instant pour visiter un étang de Castors que mon ami voulait me faire examiner.

Le lendemain du jour de notre départ du village, notre petite troupe s'arrêta sur le bord du cours d'eau qui alimentait l'étang des Castors. Pendant que les Indiens préparaient le repas du tantôt, l'Elan-Noir m'accompagna au lac où étaient établies les huttes des charmants animaux qu'il voulait me montrer.

Quelques instants plus tard, nous étions sur la lisière du bois ; mon compagnon s'arrêta en me faisant un signe pour me recommander la prudence ; puis écartant les branches des saules qui bordaient la rive, il me montra un spectacle étrange qui absorba mon attention.

Les Castors avaient abattu un grand arbre en travers de la rivière, interceptant ainsi le cours d'eau et les ruisseaux qui venaient s'y déverser. Les branches de l'arbre étaient enterrées sous un amas de pierres et de vase, et des pieux avaient été appuyés contre le tout.

Une digue avait été ainsi formée, transformant en petit lac la partie basse de la vallée ; pas une fuite, pas une fissure ne laissait passer l'eau qui s'écoulait lentement par bout de la digue dans une partie plus basse.

Les Castors pouvaient être une centaine environ ; quelques-uns travaillaient à la réparation du barrage, renforçant les parties faibles ; d'autres construisaient ou réparaient les huttes.

Chacun d'eux apportait soit du bois, soit de la boue, le tout était amalgamé ensemble pour faire une sorte de mortier que l'un d'entre eux, faisant l'office d'appareilleur, mettait en place avec une grande adresse.

De couleur brune ou marron foncé, les Castors que j'avais sous les yeux ressemblaient à des rats énormes ; le museau des Castors est un peu allongé, les yeux sont petits, les oreilles courtes, rondes et velues en dehors. Les dents incisives, au nombre de quatre, deux en bas, deux en haut, sont dures et tranchantes comme des ciseaux ; les pieds de devant sont des espèces de mains dont ils se servent avec adresse, les doigts sont bien séparés ; les pieds de derrière sont palmés comme le sont les pattes d'oie, et leur servent à nager car ils sont amphibies.

Leur queue qui est fort curieuse leur sert de gouvernail ; de forme elliptique, est épaisse de trois centimètres, longue quelquefois de vingt-cinq et large d'environ dix centimètres. Elle tient lieu de truelle, pour les ouvrages de maçonnerie qu'ils ont à établir.

Les mœurs du castor sont bien curieuses à étudier, c'est un animal doux, incapable de nuire à aucun être vivant, jaloux de son indépendance, il se défend, mais il n'attaque jamais. Il vit en commun, et jamais les révolutions intérieures ne viennent troubler la communauté.

LA BRISE DES PRAIRIES

(NOUVELLE)

(Planche V). L'Élan-Noir

LA BRISE DES PRAIRIES

(NOUVELLE)

Leur bourgade est toujours installée sur un cours d'eau ; ils excellent à construire la digue qui doit modérer le courant de la rivière. Lorsqu'il faut abattre un arbre, plusieurs castors le rongent au pied et toujours la réussite est le couronnement de leurs efforts.

Leurs habitations particulières sont des sortes de huttes, à un ou deux étages, de forme ovale ou ronde et construites dans l'eau, sur pilotis.

Ces édifices sont maçonnés avec du sable, des pierres et de la terre glaise ; le dedans et le dehors est toujours enduit avec soin, ce qui rend la demeure imperméable à la pluie et à l'humidité.

L'entrée étant sous l'eau, le castor, s'il veut entrer ou sortir doit plonger, il est ainsi à l'abri de toute surprise. Il y a toujours un magasin où sont déposés les vivres recueillis pour la saison d'hiver : ce sont des écorces fraîches, des branches tendres, des racines aquatiques, mets dont le castor est friand.

L'homme vient souvent troubler la quiétude de ces bêtes inoffensives ; la fourrure des castors est très estimée, et c'est toujours aux approches de la saison d'hiver que les chasseurs tendent leurs trappes.

S'ils veulent s'emparer de la peuplade entière, ils font une ouverture à la digue, l'étang se met à sec et il est facile de prendre les malheureux castors qui ne peuvent plus se cacher. Ceux qui échappent au massacre s'en vont bien loin, et souvent ils vivent seuls, fuyant la compagnie de leurs semblables. Cette race disparait peu à peu, un temps viendra où on ne trouvera plus de castors que dans les endroits inaccessibles, loin des lieux habités.

Je continuais à contempler les castors avec curiosité : trouvant avoir suffisamment travaillé, ils prenaient un moment de récréation ; je les voyais se poursuivre sur l'étang, plonger au fond de l'eau ; d'autres, plus calmes, étaient couchés sur la digue ; ils semblaient contempler d'un œil complaisant les ébats de leurs compagnons.

Nous allions partir, lorsque tout à coup, un castor que je n'avais pas encore aperçu et qui probablement était placé en sentinelle avancée, se précipita dans l'étang en frappant l'eau aux coups précipités de sa queue. C'était un signal, toute la bande disparut dans le lac qui devint silencieux. Je me demandais qu'elle pouvait être la cause d'une semblable panique, lorsque mon compagnon me fit remarquer un animal qui se dirigeait lentement vers le bord de l'eau en se glissant parmi les arbres de la rive. De taille moyenne ne dépassant guère celle du castor, il avait un pelage long et épais, de couleur presque noire ; deux raies, de nuance brun clair, s'étendaient sur ses flancs pour se rejoindre sous sa croupe.

Autant qu'il m'était possible de m'en rendre compte, je m'aperçus que les oreilles étaient petites, la queue courte et velue, les pieds longs et munis de griffes recourbées ; — C'est un Wolvereine, me dit l'Elan-Noir ; nous avions devant nous l'ennemi des castors. Qu'allait-il se passer? verrions-nous revenir les castors, ou bien allaient-ils demeurer dans leurs huttes?

Au bout de cinq minutes, rien ne faisant pressentir que les castors dussent apparaître de nouveau, le wolvereine simula une retraite mais, au lieu de s'éloigner, il se blottit sur une grosse branche de saule qui était inclinée sur la surface de l'eau, prêt à s'élancer sur sa proie s'il en trouvait l'occasion. Il se faisait bien petit, presque roulé en boule, seul son œil brillant dénotait qu'il veillait.

Les castors reprenaient confiance, de loin en loin, nous distinguions un museau qui revenait à la surface de l'eau ; le wolvereine touchait au but de ses désirs, et il allait s'élancer sur un jeune castor, lorsque mon ami l'Elan-Noir l'en empêcha en le tuant d'une flèche bien décochée.

Cette bonne œuvre accomplie, il nous fallut reprendre la route du campement ou nos compagnons nous attendaient pour remonter à cheval et continuer notre marche en avant.

LA BRISE DES PRAIRIES

(NOUVELLE)

(Planche VI). L'Étang des Castors

(7) # LA BRISE DES PRAIRIES

(NOUVELLE)

Deux jours après notre aventure à l'Etang des Castors, nous reconnaissions la présence de la manada ou troupe de chevaux sauvages ; d'après les empreintes laissées sur le sol humide qui bordait le ruisseau voisin, il nous fut facile d'évaluer à une cinquantaine, le nombre de chevaux composant le troupeau.

La chasse devait se faire au lasso ; comme ce genre d'exercice m'était tout à fait inconnu, je jugeai prudent de ne pas me mêler à cette chasse pour laquelle je n'avais aucune aptitude.

Vers midi, notre troupe était embusquée dans un pli de terrain ; les chevaux tenus par la bride étaient harnachés, prêts à partir, tout à coup, un hennissement sonore se fit entendre, les mustangs approchaient. En tête, marchait un magnifique cheval noir, son allure fière, ses membres bien faits, son port majestueux, tout en lui dénotait un coursier hors ligne, c'était sans aucun doute le roi de la prairie. Il faisait l'admiration de mes compagnons et plus d'un parmi eux se promettait de tout tenter pour s'en rendre maître.

La chasse commença par un galop furieux qui entraîna bien loin de moi tous les chasseurs lancés à la poursuite de la manada.

N'ayant plus rien à faire, je pris mon fusil et remontant le cours sinueux du petit ruisseau qui murmurait à mes pieds, je me mis en chasse suivi de mes deux chiens qui bondissaient joyeux à quelques pas devant moi ; les pauvres bêtes jouissaient également de ce moment de liberté.

Je cheminais depuis vingt minutes, plus occupé à rêver qu'à regarder ce qui se passait autour de moi, lorsque mon attention fut éveillée par l'attitude de mes chiens ; prêtant l'oreille, je distinguais un bruit venant des bois qui longeaient le ruisseau. C'était un bruit sourd, assez semblable au craquement produit par des branches mortes foulées par les pieds d'un animal aux allures lourdes.

Bientôt, deux grosses bêtes parurent, elles avaient sûrement l'intention de traverser la rivière ; mes chiens que je retenais avec peine voulaient s'élancer sur ces hôtes inattendus que je reconnus pour un couple d'Elans.

Ils marchaient de front, avec une allure confiante qui dénotait l'ignorance de tout danger ; épauler mon fusil et tirer fut pour moi l'affaire d'un instant ; la femelle tomba, j'avais visé au cœur. A ma grande surprise, le mâle au lieu de fuir, fit mine de résister à mes chiens, d'un coup de tête il envoya Duna rouler à plusieurs mètres ; la pauvre bête se releva en hurlant, mais pleine de courage et animée par la colère, elle revint à la charge.

Je lâchais mon second coup de fusil ; mais moins heureux, je ne pus que blesser l'élan.

Rendu furieux par sa blessure et aussi par la mort de sa compagne, il fondit sur moi tête baissée, et avant que j'ai eu le temps de me garer, il me porta un violent coup de tête dans le coté droit, me lançant en l'air à une grande hauteur.

Le choc fut terrible ; heureusement pour moi que mes chiens me préservèrent d'une nouvelle attaque de laquelle je n'aurais pas pu me défendre, blessé comme je l'étais. Ma tête avait porté sur un quartier de roc, le sang coulait en abondance ; brisé par la douleur, affaibli par la blessure, je perdis connaissance. Que se passa-t-il ensuite, je n'en sais rien, quand je revins à moi, j'étais entouré de mes amis les Indiens qui m'avaient transporté au campement.

Mes plaies furent lavées avec soin et pansées avec des herbes médicinales connues de mes compagnons ; j'étais brisé, une fièvre violente agitait tous mes membres.

Notre retour fut silencieux et triste ; mes bons Delawares paraissaient désespérés en me voyant blessé assez grièvement ; ils oubliaient que leur chasse avait été couronnée de succès et que le beau cheval noir faisait partie des prisonniers.

LA BRISE DES PRAIRIES

(NOUVELLE)

Planche VII

Je lâchais mon second coup de fusil

LA BRISE DES PRAIRIES

(NOUVELLE)

Je fus installé chez mon hôte habituel, l'Elan-Noir, où une couche moelleuse faite de mousse et de peaux de bisons avait été préparée. Ma petite amie, la Brise des Prairies se constituant garde-malade, s'installa à mon chevet; ses soins attentifs, son empressement à satisfaire mes moindres désirs, firent plus pour ma guérison que toutes les médecines et toutes les jongleries du sorcier de la tribu.

Ma convalescence fut longue; je ne vous raconterai pas les heures délicieuses que j'ai passées à l'ombre des grands érables et des ébéniers en fleurs, dans la seule compagnie de la jeune Indienne qui me charmait par son babillage et sa grâce virginale.

Je me promenais un jour non loin de la hutte de mon hôte, j'étais seul, pour un instant, la Brise des Prairies s'était éloignée; je songeais qu'il me faudrait bientôt partir pour revenir au milieu de mes concitoyens; je ne pouvais demeurer éternellement dans le désert, chez les braves indiens qui, depuis plusieurs mois, me donnaient l'hospitalité. J'en étais là de mes réflexions, lorsque j'entendis un cri particulier semblable à celui que jette l'Oiseau-Moqueur lorsqu'il est en danger. Regardant du côté d'où ce cri était parti, je vis un oiseau qui voletait de branches en branches sans pouvoir se décider à prendre son essor. Que pouvait-il avoir? Bientôt, le mystère me fut expliqué; regardant le sol, je vis un serpent qui s'avançait lentement en glissant sur le gazon sans faire le moindre bruit. Souvent il s'arrêtait, mais son regard ne se détachait pas un seul instant de l'oiseau qu'il voulait fasciner. Je n'avais pas d'armes; à mon appel, plusieurs Indiens accoururent, parmi eux se trouvait l'Œil-de-Lynx, grand médecin et sorcier de la tribu.

Prenant à sa ceinture, où il était suspendu, un instrument en roseau assez semblable à un mirliton ou à une flûte commune, il en tira quelques sons plaintifs qui attirèrent l'attention du serpent.

L'oiseau, ne sentant plus fixé sur lui le regard fascinateur de son ennemi, prit son vol en jetant dans l'espace un cri joyeux de remercîment.

Le sorcier continua sa musique monotone, il fit quelques signes cabalistiques, en prononçant des paroles mystérieuses et, bientôt, je vis le serpent s'avancer lentement vers son charmeur, puis s'enrouler, de lui-même, autour d'un baton que celui-ci avait fiché en terre.

D'un coup de couteau bien appliqué, le jongleur Delaware fit sauter la tête du serpent. Cette petite scène fort curieuse pour moi, dura à peine un quart d'heure.

Ne pouvant plus reculer, il me fallut enfin parler de mon départ; lorsque j'abordai cette question brûlante, mon cœur se serra en voyant la consternation peinte sur le visage de mes hôtes; la jeune Indienne, mon amie, me sembla encore plus affectée que les autres, des larmes coulaient de ses beaux yeux, la tristesse était répandue sur ses traits; cette douleur secrète me déchira le cœur.— Pourquoi mon frère veut-il nous quitter, me dit l'Elan-Noir, n'est-il pas bien ici, mes guerriers sont ses amis, ma famille est sa famille. Depuis longtemps le cœur de ma jeune sœur soupire lorsque vous vous éloignez, et ses yeux se remplissent de larmes quand elle songe que vous pouvez partir.

Un combat se livrait en moi, la raison me disait pars, mon cœur me disait reste; cette jeune fille, je sentais que je l'aimais, libre de mes actions, rien ne m'empêchait de prendre pour compagne celle qui avait sû par sa grâce et sa bonté captiver ma pensée; je cédais. Venu dans la prairie pour chercher un peu de distraction et satisfaire ma passion pour les aventures, je me trouvais finir mon voyage par une union avec une jeune Indienne, belle comme la fleur des prairies, douce comme la gazelle blanche qu'elle nourrissait de sa main.

Ma vie s'écoula donc heureuse, quelquefois à Saint-Louis, plus souvent chez les Delawares, dans ma nouvelle famille.

FIN

Auguste Cook.

LA BRISE DES PRAIRIES

(NOUVELLE)

(Planche VIII). Je vis le serpent s'avancer lentement

EN AUSTRALIE

SOUVENIRS DE VOYAGE

(1) # EN AUSTRALIE

(SOUVENIRS DE VOYAGE)

Nous nous étions connus à Paris, au quartier latin; lui, fils cadet de sir Edward Well, riche propriétaire du comté de Kent; moi, fils unique d'un chef de division au ministère des affaires étrangères.

Charles Well suivait les cours de l'école de médecine, pendant que je fréquentais l'école de droit Le temps a fui, mais notre amitié est restée, et maintenant je suis en route pour Melbourne où je viens d'être nommé chancelier du consulat de France, je vais retrouver là-bas Charles Well, qui, abandonnant la médecine, est devenu un riche propriétaire australien et un grand éleveur de bœufs et de moutons.

Après une longue traversée, le paquebot de la Compagnie des Messageries Maritimes sur lequel j'avais pris passage, entrait dans la baie de Port-Philipp, au fond de laquelle est bâtie Melbourne. Cette baie a une longueur qui peut varier entre 25 et 100 kilomètres, et une profondeur de 65 kilomètres. Elle est bordée par deux rangées de collines qui descendent en pente douce jusqu'à la mer et qui sont couvertes d'oliviers, de citronniers et de chênes.

L'ensemble ne serait pas désagréable s'il n'était contrarié par les eaux boueuses et jaunâtres de la baie, qui viennent clapoter contre les parois du navire.

Nous remontons le Yarra qui est une affreuse rivière aux eaux noires et sales, charriant de la boue; sa largeur est à peine de 50 mètres. Malgré ce peu d'espace, nous croisons à chaque instant des chalands, des remorqueurs et des steamers lancés à toute vapeur dans cette rivière étroite et encombrée: de tous côtés on travaille à régulariser les bords du fleuve, on creuse, on drague.

Nous approchons; voici le faubourg de Williamstown, puis celui de Grenwich, celui de Footscray; enfin nous sommes dans le port, amarrés au quai de Sandridge.

Un quart d'heure suffit pour arriver en plein Melbourne; un chemin de fer m'y conduisit et en face de la station je trouvai le cathédral-hôtel où il me fût enfin possible de me reposer des fatigues de ma longue traversée.

Lorsqu'un Européen met pour la première fois le pied sur le sol australien, et surtout s'il débarque à Melbourne, sa surprise est grande; il est étonné de voir une ville magnifique, bien bâtie, aux rues droites et tirées au cordeau, se coupant à angles droit. Partout des monuments, des hôtels; ici, l'institution polytechnique, plus loi le théâtre, l'université, l'assemblée législative, l'école nationale, etc. Songez qu'il y a dans cette ville une population de trois cent mille habitants; c'est une grande cité, le port le plus important de l'Australie.

J'ai visité avec plaisir le jardin botanique qui s'étend à un mille de Melbourne sur un vaste terrain accidenté. De vertes pelouses alternent avec des massifs de fleurs et des groupes d'arbres; il y a des pièces d'eau sur lesquelles s'abattent des cygnes noirs et des oiseaux aquatiques d'espèces diverses; il y a des groupes de rochers artificiels, des grottes. J'ai passé là des heures délicieuses

Le Muséum, le plus complet de l'Australie, est d'autant plus curieux pour l'étranger qu'il offre aux regards du visiteur ce que le pays a de plus saillant. Tous les marsupiaux y sont représentés suivant une gradation qui ne comprend pas moins de quarante échelons, depuis le kangourou de 2 mètres 50 centimètres de hauteur jusqu'à la petite souris minuscule. Tous ces mammifères sont munis d'une poche abdominale destinée à renfermer leurs petits.

(Planche I) MELBOURNE (Prince's Bridge)

(2)

EN AUSTRALIE

(SOUVENIRS DE VOYAGE)

Nouveau venu dans une ville qui compte un certain nombre de Français, je dus faire beaucoup de visites; heureusement pour moi que le consul, un homme charmant, voulut bien me servir de cicérone et procéder à ma présentation aux membres influents de la colonie française de la ville.

Charles Well vivait dans sa station, loin de Melbourne où il venait rarement. Quelques mois après mon arrivée en Australie, j'eus le plaisir de le voir, il vînt me prendre au consulat pour m'emmener à son habitation. Le voyage se fit à cheval; deux jours après nous arrivions à *Well-Station*, établissement magnifique, tenu avec une rigoureuse sévérité.

La maison, faite de bois et de briques, était charmante; elle avait la forme d'un châlet et une vérandah en faisait le tour. On y arrivait par une belle avenue d'eucalyptus, variété d'arbres qui a reçu le nom de destructeur de fièvres.

C'est par son huile volatile qu'il agit; huile ayant beaucoup d'analogie avec l'essence de térébenthine, et qui, sous l'influence de l'oxygène de l'air et de l'humidité atmosphérique, fournit un péroxyde d'hydrogène possédant toutes les propriétés assainissantes de l'ozone. Cet arbre contient également des substances camphrées douées d'une puissante action antiputride. C'est un chimiste anglais, .. Kingzett, qui, après de nombreuses expériences, a déterminé la cause de ces propriétés bienfaisantes de l'eucalyptus. Pourquoi la France n'encouragerait-elle pas la plantation de ces arbres dans quelques-unes de nos colonies où ils seraient d'une grande utilité au point de vue de la salubrité.

Dans l'habitation, rien ne manque; tout le luxe de la vie fashionable s'offrit à mes yeux. Dans le salon, un piano était ouvert et les nombreuses partitions qui garnissaient le casier spécial, témoignaient du talent et du bon goût de la maitresse de maison. Aux murs, étaient attachés des tableaux de maitres; il y en avait de l'école flamande, de l'école italienne et de l'école française; des potiches en vieux bronze, des porcelaines de Chine et divers objets d'art encombraient les tables, les guéridons et les étagères. Une vitrine magnifique, qui garnissait tout un côté de la pièce, contenait une collection complète d'animaux et d'oiseaux appartenant à la faune australienne; c'était une véritable galerie d'histoire naturelle. Des tapis moelleux couvraient le parquet; l'ameublement était somptueux; on se serait cru dans quelque château princier de France ou d'Angleterre. Comme je pus m'en rendre compte un peu plus tard, le reste de l'habitation était à l'avenant; la salle à manger, les chambres à coucher, le fumoir, la salle de jeu, la salle de bains, tout était meublé avec le même luxe de haut goût.

C'est dans le salon que je fus présenté à la maîtresse du logis, à la reine de ce petit royaume; elle me reçut comme un vieil ami connu depuis longtemps, ce qui me fit comprendre que son mari lui avait souvent parlé de moi. Mme Well est une Australienne qui connait l'Europe, elle a vu Londres, où elle a été élevée, elle connait Paris, où elle est venue plusieurs fois. Elle n'a rien de la réserve britannique, réserve souvent exagérée; par son accueil charmant, elle me mit immédiatement à l'aise.

Devant l'habitation, sous les fenêtres, un vaste jardin anglais déroule ses allées sinueuses; sur les pelouses, des massifs d'arbres et des corbeilles de fleurs donnent à l'ensemble de ce parc un aspect des plus enchanteurs.

Du haut de la colline où est bâtie la villa, on découvre un paysage vraiment féerique.

EN AUSTRALIE

(SOUVENIRS DE VOYAGE)

(Planche II) Eucalyptus Globulus

(3)

EN AUSTRALIE

(SOUVENIRS DE VOYAGE)

Un affluent du Yarra fertilise des prairies immenses où paissent de nombreux troupeaux ; des bois au feuillage sombre reposent la vue, et dans la partie ouest du domaine on aperçoit les champs consacrés à la grande culture.

Mon ami ne s'occupe pas exclusivement de l'élevage des bestiaux ; suivant l'exemple de plusieurs grands propriétaires australiens, il a créé un vignoble d'une très grande étendue qu'il cultive avec un soin minutieux.

Il a planté des cépages du Médoc et des cépages de Bourgogne ; il fait des vins blancs de chablis. A la tête de son vignoble, il a mis un vigneron français, M. Chastaing, qu'il a fait venir de Libourne, dans le Bordelais, et qui tient ses caves avec un ordre et un soin dignes d'éloges.

Les vins d'Australie sont plus alcooliques que nos vins de France, ce qui ne les empêche pas d'avoir un goût très agréable. Malheureusement, les Australiens n'ont pas encore pris l'habitude de consommer leurs vins ; presque tous étant d'origine anglaise, préfèrent s'abreuver de thé et d'alcool, cet affreux whisky qui se débite dans tous les bars ; le vin est considéré comme un extra et j'ai vu des Australiens mettre un verre de whisky dans un litre de vin, pour le rendre plus capiteux.

La partie du domaine de Well-Station qui est réservée à l'élevage, comprend environ quinze mille hectares ; elle est divisée en deux parties inégales. La première, nommée le *Run*, est la plus vaste ; c'est là que sont parqués les milliers de bœufs qui font la fortune du squatter ; ils sont sous la surveillance de gardiens à cheval dont l'occupation consiste principalement à empêcher le gaspillage des pâturages.

La seconde division est appelée le *Clos* ; elle comprend les habitations, le parc, les jardins, et une prairie d'un millier d'hectares qui sert de pâturage de réserve. C'est là que sont parqués les animaux choisis pour la vente prochaine.

Sur la Station-Well, on comptait six mille bœufs et soixante-dix mille moutons. Chaque année les moutons sont tondus par des ouvriers spéciaux, et des bandes de mille bœufs sont menées à Melbourne pour y être vendues.

En visitant la basse-cour, je vis un magnifique couple de casoars vivant en parfaite harmonie avec les autres volailles.

Cet oiseau est, après l'autruche africaine, le plus grand échassier connu ; les colons anglais le nomment émou, à cause de sa ressemblance avec l'émeu ou casoar à casque de l'Asie méridionale. Sa hauteur, calculée depuis ses pieds jusqu'au sommet de la tête, atteint deux mètres ; sa force est très grande, une seule de ses ruades suffit pour tuer un chien. Sa tête, petite, garnie d'un joli bouquet de plumes crépues, est couverte de plumes courtes et duvéteuses ; seule, la face est dénudée ; le cou est plus long que celui du casoar asiatique et plus épais à sa base que celui de l'autruche. Le bec est noir, aussi long que la tête ; les ailes et la queue sont imperceptibles ; malgré cela elles lui sont utiles dans la fuite. Les jambes sont fortes et emplumées, leur longueur est le tiers de celle du torse ; les doigts sont au nombre de trois, garnis de griffes verdâtres. Les plumes du casoar australien sont longues de 20 à 25 cent. ; mais elles sont peu fournies de barbes et assez semblables à de longs poils soyeux ; elles sont clairsemées. La couleur générale de l'oiseau est le brun mêlé.

EN AUSTRALIE

(SOUVENIRS DE VOYAGE)

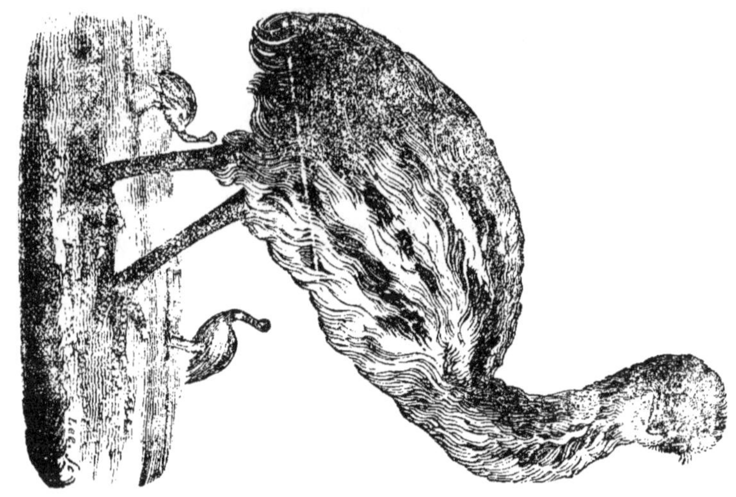

(Planche III) Le Casoar

L'Oiseau-Lyre

(4) EN AUSTRALIE

(SOUVENIRS DE VOYAGE)

Sa nourriture consiste en herbes et en fruits ; sa chair a le goût de celle du bœuf ; il m'en a été servi à Well-Station, c'était une tranche prise dans le sternum, je l'ai trouvée exquise, d'ailleurs elle avait été supérieurement préparée par le cuisinier de l'habitation.

La femelle pond une dizaine d'œufs d'un vert émeraude poli et brillant; chacun d'eux équivaut à peu près à une dizaine d'œufs de poule.

On m'a affirmé que c'est le mâle qui, pendant des semaines, couve les œufs avec assiduité ; pendant ce temps, la femelle est la pourvoyeuse du ménage. Les indigènes estiment beaucoup cet oiseau : ils sont friands de sa chair, et de sa peau épaisse ils obtiennent un cuir excellent, avec les longues plumes de sa queue ils confectionnent des parures et divers ornements.

Les journées s'écoulèrent rapides et joyeuses ; je n'étais pas le seul commensal de Well-Station ; quelques jours après mon arrivée, nous avions eu la visite de plusieurs familles de Melbourne. Le temps se passait en parties de pêche, en excursions, en goûters sur l'herbe, à l'ombre des fougères arborescentes ou aux pieds des gigantesques eucalyptus de la forêt. On revenait en suivant le cours sinueux de la petite rivière qui arrose les pâturages de la station et fait mouvoir un coquet petit moulin tout entouré de fougères et caché par un épais rideau de gommiers et de banksias latifolia, dont les feuilles tremblotaient sous la brise embaumée dè septembre ; nous rentrions à l'habitation chargés de gerbes de fleurs tropicales qui servaient à orner les surtouts de table de la salle à manger, ainsi que les vases et les potiches du salon.

Le soir, tous les invités se réunissaient au salon et des sauteries intimes étaient organisées. Mon faible talent de musicien fut souvent mis à contribution, soit pour conduire la danse, soit pour accompagner une romance ou un air d'opéra. Je n'oublierai jamais la *Sérénade du soir d'un beau jour*, morceau poétique par excellence, que nous chanta miss Elina Brown, avec un véritable talent de cantatrice. C'était une charmante enfant, fille d'un riche banquier de Melbourne ; elle tenait de sa mère, qui était française, cette gaîté franche et cette grâce entraînante qui faisaient d'elle le promoteur de toutes nos réjouissances.

C'était..... non, je m'arrête, vous pourriez vous figurer des choses insensées ; plus tard, je vous dirai peut-être ce qu'il advint d'elle et de moi.

Nous allions quelquefois chasser le kangourou ; ces animaux sont encore très communs dans la région habitée par mon hôte. Montés sur d'excellents chevaux, nous procédâmes un jour à une battue en règle. La troupe des chasseurs s'engagea dans le grand bois — le Busch — précédée de piqueurs tenant en mains une meute de pointers qui aboyaient joyeusement parmi les taillis.

Une heure environ après notre entrée en chasse, nos chiens firent lever une bande de kangourous. Les petits rentrèrent précipitamment dans la poche maternelle et toute la troupe s'enfuit à la file. En tête, marchait ou plutôt décampait un vieux mâle qui paraissait être le chef de la bande ; pendant près d'un quart d'heure, la chasse fut activement conduite, les kangourous ne semblaient pas devoir se lasser et les chiens les suivaient avec peine. Mais enfin, épuisés par leur course, les fuyards ralentirent leur allure et il nous fut possible de les approcher à portée de fusil. Une femelle, se sentant fatiguée, venait de déposer un de ses petits qui sautait péniblement à ses côtés ; pris de pitié, je mis pied à terre laissant mes compagnons poursuivre leur course affolée, et je m'emparai du jeune kangourou, décidé à l'emporter avec moi à Melbourne. La chasse se continua, et le soir nous revenions à l'habitation avec cinq kangourous.

(Planche IV) La forêt Australienne

(5) EN AUSTRALIE

(SOUVENIRS DE VOYAGE)

. u départ, le kangourou va plus vite que les chiens, mais il ne résiste pas à la fatigue ; si on le force pendant deux ou trois milles, il ralentit sa course, c'est alors que souvent il s'arrête pour faire face à l'ennemi. Les chiens l'attaquent toujours par derrière en prenant beaucoup de précautions, il pourrait facilement les éventrer d'un coup de ses longues pattes.

C'est un animal bien curieux ; son caractère le plus saillant est l'extrême désaccord qui existe entre ses membres antérieurs et postérieurs. En effet, les premiers sont chétifs et peu remarquables ; ils portent chacun cinq doigts terminés par des ongles forts ; la paume de la main est nue et la disposition particulière de l'ensemble de la patte permet à l'avant-bras d'exécuter un véritable mouvement de rotation. Les membres postérieurs sont extrêmement développés ; les doigts sont allongés et volumineux, surtout le médium qui dépasse les autres ; les ongles sont longs et puissants ; en un mot, l'ensemble du pied est monstrueux. Le grand développement de la queue fournit encore un caractère distinctif des plus importants, car cet organe, qui chez les autres mammifères est sans importance, devient chez le kangourou un véritable appareil de locomotion et constitue en quelque sorte un autre membre postérieur. Voyez-le, assis sur ses pattes de derrière et droit comme un eucalyptus ; sa queue est allongée comme pourrait l'être un serpent, elle lui sert de point d'appui dans le balancement qui semble devoir l'endormir. Quelquefois, ils s'avance par petits bonds méthodiques ou bien il passe rapide en décrivant une courbe gracieuse semblable à celle d'une balle élastique lancée par une main habile.

La tête du kangourou est fine et allongée, les oreilles sont droites, mais leur forme varie suivant les différentes espèces ; leur appareil dentaire est remarquable par l'absence des canines et par la disposition spéciale des incisives. Ainsi que chez tous les marsupiaux, la peau de l'abdomen est disposée chez les kangourous de manière à former une sorte de poche dans laquelle les petits grandissent et se développent après leur naissance. Si un danger survient, ils s'y retirent, on ne distingue plus qu'un bout d'oreille et un soupçon de queue ; la mère, l'enfant et le berceau ne font qu'un.

Le pelage des kangourous se compose de deux sortes de poils, les uns soyeux, les autres laineux ; les premiers se trouvent placés exclusivement aux membres, à la tête et à la queue : les autres couvrent le reste du corps.

La chair du kangourou est excellente ; je l'ai vue préparer de plusieurs façons : il nous en a été servi en daube odorante et savoureuse, en civet, à la broche.

Parmi les nombreuses espèces qui composent le genre kangourou, il faut citer le kangourou rouge, le kangourou fuligineux, le kangourou à moustaches, etc... Ces animaux vivent dans les bois où ils errent par bandes peu nombreuses sous la conduite de quelque vieux mâle — le vieil homme — comme l'appellent les Indigènes.

L'Australie a longtemps été considérée comme une contrée fantastique aux forêts immenses formées d'arbres énormes avec des fougères colossales, des fleurs sans parfum, des oiseaux sans voix.

Dans tout cela, s'il y a du vrai, il y a aussi beaucoup d'imagination. Certaines fleurs peuvent être en effet sans parfum ; mais dans tous les pays il y a des fleurs inodores ; des mimosas et des lianes qui bordent les rivières australiennes émanent des senteurs aussi pénétrantes que celles qui s'échappent au printemps de nos bouquets de lilas ou de nos buissons d'aubépines. Le soleil tropical qui les chauffe les rend encore plus enivrantes.

EN AUSTRALIE

(SOUVENIRS DE VOYAGE)

(Planche V) Les Kangourous

(6) **EN AUSTRALIE**

(SOUVENIRS DE VOYAGE)

Pour ce qui est des oiseaux, si l'Australie ne possède pas des chanteurs comme le rossignol et la fauvette, elle a des êtres ailés dont le gazouillement est doux et agréable. Les forêts sont peuplées de volatiles bruyants et bavards, presque tous recouverts d'un plumage aux couleurs éclatantes.

La famille des perroquets est bien représentée; partout on rencontre la petite perruche et le cacatoès à huppe jaune ou le cacatoès à huppe rouge.

A Well-Station, la volière était bien garnie; de nombreux représentants des oiseaux du pays y vivaient en bonne intelligence.

J'ai rencontré quelquefois dans mes excursions, des animaux bien curieux; deux surtout ont attiré mon attention par leur aspect singulier; ce sont l'ornithorynque et l'échidné, mammifères particuliers à l'Australie.

L'ornithorynque a été rangé par Cuvier dans l'ordre des édentés, famille des monotrèmes, il est caractérisé principalement par la forme singulière de son museau qui est formé par un bec à peu près semblable à celui du cygne ou du canard. Vivant continuellement sur le bord des lacs et des rivières, il est organisé pour la vie aquatique; ses pieds portent cinq doigts armés d'ongles robustes; ceux de devant sont complètement palmés.

Le mâle porte aux pieds de derrière une sorte d'ergot percé d'un trou d'où s'échappe une liqueur secrétée par une glande placée le long de la cuisse; on ne connaît pas l'usage de cette liqueur qui n'est pas venimeuse.

Le corps de l'ornithorynque est allongé, sa queue est large, de moyenne longueur et aplatie en dessous comme celle du castor; le pelage est d'un brun qui tire sur le roux. Il nage avec une grande vitesse ce qui ne l'empêche pas, sur le sol, de courir rapidement: pendant le jour il demeure dans son terrier, qu'il creuse lui-même et qu'il tapisse avec soin de mousses et de joncs. Il se nourrit de larves et d'animaux aquatiques qu'il pêche avec son bec à la façon des palmipèdes; il aime beaucoup à barboter dans la vase.

La méthode d'allaitement de l'ornithorynque mérite d'être signalée : la femelle se fait suivre sur l'eau par ses petits, puis elle répand son lait autour d'elle; la liqueur surnage et est promptement absorbée par les jeunes qui procèdent en cette occasion à la façon des petits canetons ramassant sur une mare les lentilles vertes dont ils sont si friands.

L'échidné épineux appartient également à la famille des édentés; les colons australiens le nomment *hedge-hog* (porc de haie). Il a le corps ramassé et bas sur pattes, ne présentant aucun rétrécissement qui indique le cou; la queue est courte, le bec et la langue sont étroits et allongés; les pieds courts, divisés peu profondément en cinq doigts armés d'ongles fouilleurs; le mâle a un ergot supplémentaire à la patte postérieure; tout comme l'ornithorynque, il secrète une humeur qu'on dit vénéneuse. La langue est extensible comme l'est celle du fourmilier de la Guyane, elle est enduite d'une viscosité glutineuse qui lui sert à capturer les insectes dont il fait sa nourriture.

Le corps est couvert en dessus de piquants longs de 5 à 8 centimètres, d'un blanc gris et et dont la pointe est noire et aigue. Sa taille est plus grosse qne celle d'un hérisson; il en a un peu l'aspect. L'échidné habite les terrains sablonneux dans des terriers qu'il se creuse; sa chair a mauvais goût; malgré cela, les indigènes en mangent quelquefois

EN AUSTRALIE

(SOUVENIRS DE VOYAGE)

(Planche VI.) L'Echidné

(7)

EN AUSTRALIE

(SOUVENIRS DE VOYAGE)

J'avais chassé tout le jour dans un bas fond que l'on m'avait dit être peuplé de canards et de cygnes noirs; je revenais lentement en admirant les beautés de la forêt et cette abondance de fleurs magnifiques que l'Australie offre aux regards du chercheur, lorsque j'aperçus non loin de moi un magnifique oiseau qui pouvait avoir la grosseur d'un dindon; c'était une grue géante, oiseau fort rare: une balle bien tirée m'en rendit maître sans qu'elle fut endommagée

Le bec de cet oiseau est noir, large, conique, à bout très pointu: sa tête a des reflets violets et pourpres qui contrastent vivement avec le vert lustré du cou, la blancheur de la gorge et le rouge éclatant des jambes qui sont longues et nerveuses.

Satisfait de ma chasse, je me hâtais de rentrer à la station où un des employés me prépara ma grue aussi bien qu'aurait pu le faire le plus adroit naturaliste de Melbourne.

A quelques milles au nord-ouest de la station, vivait une tribu d'indigènes australiens, l'une des dernières épaves de cette race qui disparaît devant l'envahissement britannique. Ne voulant pas partir sans avoir vu ces malheureux, je me rendis à leur village accompagné de mon hôte et de deux employés.

Quel spectacle s'offrit à mes yeux étonnés ! Ils étaient campés dans une éclaircie de la forêt; quelques tentes se dressaient sur le sol nu. Faits de bandes d'écorces étayées comme des tuiles, ces abris ne les garantissaient que d'un côté, le côté du vent; l'hiver, chaque indigène fait un petit feu devant lequel il s'accroupit enveloppé tant bien que mal dans un lambeau d'étoffe ou dans une peau de bête. Il y avait là une dizaine d'hommes, quelques femmes et des enfants: mais ce qui attira surtout mon attention et excita ma pitié, ce fut l'aspect misérable des femmes. Ecrasées par le travail, traitées comme des bêtes de somme, ces malheureuses mènent une existence d'esclave.

C'est la femme australienne qui doit procurer à la famille les vivres qui lui sont nécessaires, c'est elle qui, dans les voyages et dans les marches de la tribu, est chargée de porter tous les fardeaux; elle ne mange jamais qu'après son maître.

Les hommes sont plus grands que les femmes, mais tous ont la tête petite, le front étroit, le nez large et aplati, la bouche énorme, la mâchoire inférieure courte. Le tronc est assez bien développé, les jambes et les bras sont grêles et cependant nerveux. Cette race, la plus dégradée de l'espèce humaine, est celle qui se rapproche le plus de la brute.

Ils aiment beaucoup la danse, mais leurs exercices chorégraphiques ne ressemblent en rien à ceux que nous leur voyons exécuter dans nos pays civilisés

Je me rappelle avoir lu autrefois dans une relation de voyage, le récit d'une aventure arrivée à deux marins anglais venus à terre pour faire quelques vérifications aux boussoles du bord

C'était dans l'Australie du nord, non loin de l'île de Melville; MM. Keys et Fitzmaurice travaillaient depuis plusieurs heures, lorsque songeant au départ, l'un d'eux, M. Keys, avait commencé à transporter au canot une partie de leurs instruments, il revenait vers son camarade lorsqu'il aperçut une troupe de sauvages installés sur un rocher qui surplombait leur champ de travail; ils étaient armés de javelines qu'ils se disposaient à lancer sur M Fitzmaurice toujours occupé à ses calculs Au lieu de fuir, M. Keys revint en toute hâte vers son ami pour lutter et mourir avec lui. « Fuyons, s'écria-t-il en approchant; non pas, répondit son compagnon que cet appel avait renseigné sur leur danger; faites comme moi, il faut rire et danser ». En effet, il se mit à danser exécutant la gigue des matelots anglais; il accompagnait sa danse de chants et de contorsions grotesques. M. Keys dût en faire autant.

(Planche VII)

Indigènes Australiens

(8) **EN AUSTRALIE**

(SOUVENIRS DE VOYAGE)

A la vue de ce spectacle inattendu, les indigènes posèrent leurs armes, ils étaient subjugués par cette danse étrange.

M. Fitzmaurice ne perdait pas son sang-froid : tout en dansant il s'approcha de ses armes qui étaient à quelques pas de lui [illegible] ils commencèrent à s'agiter et [illegible] la situation devenait critique et ils en [illegible] difficulté, lorsqu'un coup de fusil [illegible] les Australiens qui craignaient [illegible] rendre leurs armes et [illegible] dans la [illegible] s ja [illegible] sifflèrent bien près de leurs têtes, [illegible]

Nous avions apporté [illegible] famille de cette tribu; j'obtins d'eux quelques spécimens [illegible]

L'arme la plus singulière [illegible] taillé dans un morceau de bois dur, [illegible] les indigènes se servent de cette arme, [illegible] la partie convexe en dehors ; puis, la faisant tournoyer [illegible] de toute leur force, en avant ; mais avant de [illegible] imprimant un mouvement de rotation qui est de la plus grande importance, car c'est de ce mouvement donné au dernier moment que dépend la puissance agressive de l'arme.

J'ai vu le bouméranglancé d'abord en ligne droite [illegible] du sol s'élever dans les airs en tournoyant, puis revenir en arrière après avoir frappé le but avec une étonnante précision.

Il nous fallut enfin reprendre le chemin de l'habitation ; nous entendions caqueter autour de nous les oiseaux de la forêt, ce bruit troublait seul le grand silence de la nature : tout à coup, un oiseau-lyre s'échappa bruyamment des buissons qui bordaient le sentier que nous suivions ; son vol rapide me rappela celui de nos faisans d'Europe. Dickson, un des employés qui étaient avec nous, l'abattit d'un coup de carabine.

L'oiseau-lyre ou menure est avec le paradisier de la Papouasie, le plus bel oiseau des îles de l'Océanie ; son nom lui vient de sa queue ; lorsqu'elle est déployée, elle a tout à fait la forme d'une lyre antique. Les deux plumes extrêmes représentent le contour exact de cet instrument et les plumes intérieures en figurent les cordes. Les couleurs de cet oiseau sont magnifiques : il a la gorge glacée d'argent, ses ailes sont [illegible] d'un noir bleuâtre, son corps est paré de teintes plus fraîches et plus brillantes que le [illegible] ; la tête est ornée d'une aigrette qui se lève et se baisse à volonté. Dickson me fit hommage du menure qu'il venait de tuer ; je devais partir le lendemain pour revenir à Melbourne, mais il me fallut attendre deux ou trois jours de plus, temps nécessaire à la préparation de l'oiseau-lyre que je tenais à emporter empaillé.

Je pris congé de mes hôtes après les avoir chaleureusement remercié de leur aimable accueil, mais il me fallut promettre de revenir : je me séparai d'eux au bout de l'avenue d'eucalyptus et Mme Well me serra la main en me disant avec malice : « Vous saluerez pour moi..... et pour vous, Miss Elina Brown, que vous verrez sûrement à votre arrivée à Melbourne. »

En effet, je l'ai revue et maintenant mes jours s'écoulent heureux auprès d'elle, dans le nid charmant que nous habitons dans le faubourg le plus riant et le plus agréable de Melbourne.

(Fin) A. Cook.

EN AUSTRALIE

(SOUVENIRS DE VOYAGE)

(Planche VIII)

L'AUSTRALIE (Habitants, Faune, Flore

HUIT MOIS

en

SCANDINAVIE

SOUVENIRS

(1) HUIT MOIS EN SCANDINAVIE

(SOUVENIRS)

Dernièrement, mettant à profit la longueur des soirées d'hiver, je m'installai commodément dans ma bibliothèque, située au premier étage de la tour gothique de mon petit castel de la Graveyrie.

Depuis longtemps, j'avais l'intention d'apporter un peu d'ordre aux papiers qui encombraient les casiers de mon secrétaire ; toujours empêché par des occupations diverses (il faut si peu de chose lorsqu'on est d'un caractère légèrement enclin à la... paresse) des visites, des parties de chasse, et aussi par mille futilités, je remettais chaque jour ce travail.

Ce soir là, 15 janvier 1887, je pris place devant un bon feu et je commençai par une liasse de lettres entassées pêle-mêle au fond d'un tiroir. Un grand nombre étant sans importance furent mises au panier ; je classai les autres, et parmi elles, j'en reconnus quelques-unes qui m'avaient été écrites peu d'années auparavant par mon meilleur ami, mort aujourd'hui après une courte maladie.

Ces lettres, qui portaient presque toutes le timbre de Norwège, me firent revenir sur mes années passées, jusqu'au temps où nous vivions côte-à-côte sur les bancs du collège.

Georges Blanchemont était le fils unique d'un riche fabricant de papiers du département de la Charente ; ses études achevées, il se mit activement au travail dans l'usine paternelle, située non loin d'Angoulême, au milieu d'une vallée des plus agréables.

La rivière, qui donne à la fabrique le mouvement et la vie, coule sinueuse au milieu de prairies verdoyantes qui, chaque année, au retour du printemps, sont émaillées de fleurs aux couleurs riantes et variées.

Quel charmant paysage : au loin, à l'extrémité de la vallée, un tout petit village qui tiendrait dans le creux de la main, étage ses maisonnettes sur le revers de la colline.

Je me rappelle encore ma dernière visite à ce coin charmant de l'Angoumois, quelques semaines avant le départ de ce pauvre Georges.

C'était le soir, à l'heure du crépuscule ; le soleil, sur le point de disparaître, embrasait l'horizon ; le ciel était sans nuage, seul, le couchant avait encore ces tons chauds qui persistent encore après la disparition du soleil de juin.

Les heures que je passais là-bas furent délicieuses ; les jours étaient trop courts. Après une promenade sur la rivière, après avoir pêché la truite ou le goujon, nous allions nous asseoir un instant à l'ombre des saules et des grands peupliers qui bordent la rive.

Le sol, tapissé de petites plantes délicates et de fines graminées, répandait autour de nous une senteur exquise.

Absorbé par son travail, vivant dans ce cadre enchanteur, choyé par ses parents, adoré de ses ouvriers, Georges ne songeait pas aux joies mondaines que la ville aurait pu lui offrir.

HUIT MOIS EN SCANDINAVIE

(SOUVENIRS)

(Planche I) Je commençai par une liasse de lettres

(2) # HUIT MOIS EN SCANDINAVIE

(SOUVENIRS)

Une révolution venait de s'accomplir dans l'industrie du papier; l'introduction des pâtes de bois, en bouleversant les anciens procédés de fabrication, exigeait en quelque sorte comme un nouvel apprentissage.

Ami du progrès, Georges Blanchemont voulut aller étudier sur place la préparation des nouveaux produits que son père allait employer dans son usine.

Muni de lettres de recommandations, il partit pour la Norwége après être venu me faire ses adieux. Hélas, je ne devais le revoir qu'une seule fois.

La fabrique de pâte de bois, où il allait faire son stage de huit mois, était construite au milieu d'un petit village, situé non loin de Christiania, au pied de l'Eggeberg.

Christiania, capitale de la Norwège, est bâtie dans une belle vallée, à l'extrémité septentrionale de la baie du même nom; elle compte quarante mille habitants, c'est le siège du gouvernement norwégien, du tribunal suprême et de l'assemblée du Storthing.

Indépendamment de ses quatre faubourgs : Pipervigen, Hammarsborg, Vaterland et Groenland, elle se compose de la ville de Christiania proprement dite, que le roi Christian IV fit construire en 1614 en forme de carré régulier; de la ville dite Opsolo et de la forteresse d'Agghernus, dont les batteries dominent ses rues larges, tirées au cordeau, se croisant à angles droits, parfaitement éclairées la nuit, bordées partout de maison à plusieurs étages, généralement en pierres et garnies de trottoirs.

En fait d'édifices, on remarque le château du Roi, la Banque et la Bourse de Commerce, le Palais du Storthing, le nouvel Hôtel de Ville, la Cathédrale, l'Ecole Militaire, le Théâtre, l'Université, etc.....

Cette Université, la seule qui existait alors en Norwège, fut fondée en 1811, ouverte en 1813 et reconstituée sur des bases nouvelles le 28 juin 1824. Outre diverses collections scientifiques, elle possède une magnifique Bibliothèque, contenant près de cent cinquante mille volumes, un Jardin Botanique, un Observatoire.

On trouve encore à Christiania : une Ecole Militaire supérieure et une autre du premier degré, un Gymnase, une Ecole Civile, un grand nombre de maisons d'éducation, tant pour filles que pour garçons, etc.....

L'industrie manufacturière de Christiania et sa banlieue est très importante; on y trouve des filatures, des papeteries, des fabriques de tissus, des ateliers de constructions, des fabriques d'huiles, des savonneries, des distilleries, des brasseries, des scieries importantes qui expédient des bois dans le monde entier; on y compte un certain nombre d'imprimeries.

Comme place de commerce, cette ville joue, en Norwège, un rôle important; le bois, le fer, le cumin, les anchois, les verroteries constituent les principaux articles d'exportation. Il arrive annuellement, dans le port, un millier de navires; malheureusement, ce port qui est vaste et sûr, demeure encombré par les glaces pendant trois ou quatre mois de l'année.

Le golfe de Christiania relie cette ville à Drammen, où l'on ne compte pas moins de dix mille habitants. Les environs de ces deux villes sont pittoresques; la vue magnifique, dont on jouit du haut de l'Eggeberg au bas duquel Christiana s'étend en demi-cercle, est encore égayée par les îles charmantes dont le golfe est parsemé.

HUIT MOIS EN SCANDINAVIE

(SOUVENIRS)

(Planche II) CHRISTIANIA

(3) *HUIT MOIS EN SCANDINAVIE*

(SOUVENIRS)

Son séjour là-bas ne fut pas sans agréments; dans ses lettres, il me dépeint avec enthousiasme la beauté sauvage des sites qu'il a visités; là, ce sont des montagnes qui s'élèvent mystérieuses et superbes; elles enserrent entre leurs flancs garnis de sombres forêts, des villages paisibles qui, doucement, en ondulations capricieuses, descendent vers la plaine.

Souvent, le sol est pierreux et inculte, sauvage; malgré cela, les arbres y croissent grands et forts, les herbes qui poussent un peu partout sont courtes et dures, elles tranchent sur la teinte grise du granit et sur la nuance plus sombre des forêts.

Plus loin, il admire ces vastes plaines, couvertes de neige, où l'élan court en bondissant pour échapper à l'homme, aux gloutons ou aux loups de Norwège.

Entre les montagnes, un grand nombre de cours d'eau arrosent des vallées riantes et fertiles, donnant la vie aux usines qui sont la fortune du pays : papeteries, scieries, forges, filatures, etc.....

Les habitants sont hospitaliers, braves, amants passionnés de l'indépendance; beaucoup d'entre eux ont conservé leurs mœurs antiques.

Dans une de ses lettres, il me raconte qu'il lui fut donné d'assister à une chasse à l'ours; ces animaux, nombreux dans la montagne, ce sont généralement des voisins incommodes auxquels il est bon de faire quelquefois la chasse.

Ils étaient huit chasseurs; le chef de la petite troupe, un nommé Hans Hansen était un tueur d'ours renommé.

Tous avaient des fusils armés de baïonnettes; quelques-uns s'étaient munis d'un long coutelas ou d'une hache bien tranchante.

Déjà, ils avaient dépassé les premiers contreforts de la montagne, lorsque le vieux Hans, qui allait en éclaireur, signala la présence d'un ours qui déjeunait avec les restes d'un mouton abandonné par le berger.

— Mes amis, dit le vieux chasseur, il faut en ce moment de la circonspection et de la prudence; nous sommes en nombre, que pas un coup de fusil tiré ne soit perdu. Si l'ours ne tombe pas à la première décharge, forçons-le à la baïonnette.

Généralement, l'ours ne saute pas sur son ennemi, il commence rarement l'attaque; mais, s'il se voit acculé, il se dresse sur ses pattes de derrière cherchant à embrasser son ennemi pour l'étouffer.

L'ours, en les voyant approcher ne chercha pas à fuir; dérangé dans son repas, il parut vouloir tenir tête aux chasseurs. Au commandement du vieux Hans, tous déchargèrent leurs armes, l'ours fut blessé, mais pas mortellement; rendu furieux par cette attaque, il s'avança vers la petite troupe paraissant vouloir s'en prendre au vieux Hans.

Celui-ci regarda fixement son adversaire entre les yeux, et lorsque l'ours leva la patte droite comme pour le terrasser, le vieux chasseur lui enfonça sa baïonnette dans la poitrine.

L'ours tomba, puis il voulut se relever pour essayer encore de se défendre, mais un coup de hache bien appliqué lui fendit le crâne et l'étendit mort aux pieds de son vainqueur.

(Planche III). Le vieux Haus signala la présence d'un ours.

(4) HUIT MOIS EN SCANDINAVIE

(SOUVENIRS)

Encouragés par ce succès, nos chasseurs continuèrent leur battue et le soir ils redescendirent au village avec trois ours tués dans la journée.

La fourrure de l'ours est estimée, sa chair l'est également; bien préparée, elle constitue un mets recherché, et les jambons d'ours ont une réputation que je ne me permettrai pas de contester, n'en ayant jamais mangé; mais qu'il me soit permis de dire en passant que je leur préfèrerais un cuissot de chevreuil, serait-il préparé à la russe.

Avant de revenir en France, Georges Blanchemont eut la fantaisie de faire une petite excursion en Laponie; dans une de ses lettres, l'avant-dernière, il me donne quelques détails sur les habitants de ce pays.

Les Lapons sont généralement bons et doux; il n'y a chez eux ni grands vices, ni grandes vertus; doués d'une grande indifférence, ils aiment, malgré cela leur patrie, et jamais ils ne consentent à quitter la terre ingrate qui les a vus naître.

Leur nourriture est frugale et peu variée : poissons fumés, viande de renne, sang séché, puis ensuite pulvérisé, qu'on mêle à de la bouillie, lait de renne qui est conservé tout l'hiver à l'état de glace, fromages excellents. Le plat national, celui qui est offert à l'étranger comme souhait de bienvenue, c'est la soupe de sang, composée de farine et de caillots de sang, que les Laponnes savent conserver fort longtemps pour les besoins du ménage; lorsqu'un étranger a mangé de cette soupe dans une famille, il est l'ami, l'hôte sacré de la hutte laponne.

La boisson du Lapon est une eau pure et claire; jamais d'alcool, le gouvernement l'a proscrit; mais en revanche, il consomme beaucoup de café, c'est pour lui comme le thé pour les chinois; la bouilloire est toujours pleine et on l'entend continuellement chanter dans les cendres du foyer. Mais ce qui vient enlever un peu de charme à ce breuvage aromatique, c'est que beaucoup de Lapons le mélangent avec de la graisse ou de l'huile de poisson, ou encore avec des foies de poissons hachés menus; enfin, chacun son goût. Ces braves gens sont peut-être étonnés lorsqu'ils leur est donné d'assister à un de nos repas.

En été, les Lapons habitent sous des tentes; l'hiver, ils construisent des huttes rondes avec des pieux et des branches de bouleau, le tout recouvert de mottes de gazon; au sommet, il y a une ouverture destinée à laisser échapper la fumée.

Le costume des deux sexes diffère fort peu; tous portent des bonnets, des culottes, des vestes et des bottes en peau de renne; quelquefois, ils emploient des draps grossiers.

Ils sont petits, la taille moyenne est de 1 mètre 35 centimètres; ils ont le teint brun, les cheveux noirs. Ils sont vigoureux, endurcis à la fatigue.

Dans ce pays, l'hiver dure neuf mois, il est rigoureux; l'été est court, et quelquefois aussi chaud que dans le midi de la France. Les forêts sont plantées de sapins, de pins, d'aulnes, de bouleaux et d'osiers. Comme animaux sauvages, on y trouve des ours, des loups, des lynx, des renards, des gloutons, des hermines, des loutres, etc....

Le gibier n'abonde pas : quelques daims et quelques cerfs, qui sont chassés à outrance et que le Lapon prend au lasso avec une grande adresse, des perdrix blanches et des lièvres qui fuient loin des campements et des huttes laponnes.

HUIT MOIS EN SCANDINAVIE

(SOUVENIRS)

(Planche IV) En Laponie (Lapon, Renne, Lynx, Loup)

(5) HUIT MOIS EN SCANDINAVIE

(SOUVENIRS)

Mais l'animal le plus curieux et le plus utile, c'est le renne.

Ce ruminant ressemble au cerf, dont il a la taille ; seulement, ses jambes sont plus courtes et plus grosses, les oreilles sont plus longues, le museau plus élargi ; le poil est épais, d'un brun fauve en été, il devient presque blanc en hiver. Il a la tête ornée de cornes courbées par devant ; elles ne forment pas comme chez le cerf, des branches pointues. Ce sont, au contraire, des rameaux élargis en forme de pelles, lui servant l'hiver à enlever la neige qui recouvre les mousses et les lichens dont il se nourrit.

Le renne est la principale ressource des Lapons ; tous en possèdent au moins quelques-uns ; les plus riches élèvent des troupeaux nombreux qu'ils mènent paître dans les plaines et dans les montagnes. Quand la terre est couverte de neige, on les attèle à des traîneaux, et leur grande agilité en fait des coursiers remarquables. Mais ce n'est pas là le seul service que les Lapons tirent de cet animal.

Sa viande savoureuse, sa graisse et son sang, servent pour la nourriture ; sa peau fournit d'excellentes fourrures et un cuir très souple ; avec les boyaux on fait de la ficelle et des cordes ; les tendons fournissent du fil à coudre ; les os servent à faire des armes, des aiguilles, des couteaux, divers ustensiles ; les vessies peuvent contenir des liquides ; les excréments sont séchés et employés comme combustible.

La femelle du renne donne un lait excellent, dont on fait du beurre et des fromages ; en un mot, cet animal est la fortune du Lapon.

Il y a beaucoup de rennes sauvages en Laponie ; souvent, des chasses sont organisées, et, mortes ou vivantes, les pauvres bêtes viennent alimenter la population des villages.

Deux jours avant son départ pour rentrer à Christiania, comme il revenait d'une chasse au glouton, Georges fut vivement surpris par la vue d'un phénomène bizarre qui se manifestait du côté du Nord.

C'était après la chute du jour, une lueur confuse se dessinait à l'horizon ; bientôt des jets de lumière s'élevèrent larges, diffus, irréguliers, tendant vers le Zénith. Quelques minutes plus tard, il remarqua deux fortes colonnes de feu qui s'élevaient lentement, l'une à l'Orient, l'autre à l'Occident ; pendant leur ascension, ces colonnes changèrent plusieurs fois de couleurs et d'aspect, passant successivement du jaune au vert foncé ou au pourpre étincelant ; puis enfin, se penchant l'une vers l'autre, elles se réunirent pour former un arc de cercle, où, pour mieux dire, une immense voûte de feu : il était en présence d'une aurore boréale.

La durée des aurores boréales est variable ; après quelques heures, d'autrefois après quelques instants, la lumière s'affaiblit peu à peu, la couronne s'efface, l'arc devient languissant ; puis enfin, on n'aperçoit plus qu'une lueur incertaine qui s'éteint lentement.

Rappelé par son père, Georges dut revenir en France ; il était enchanté de son séjour dans le nord de l'Europe. La plus franche hospitalité lui avait été offerte, sa curiosité avait été largement satisfaite, et, en quittant cette terre hospitalière, il avait promis à ses hôtes de revenir. Mais hélas, si nous faisons des projets, ils sont souvent détruits avant leur accomplissement, et la mort, en frappant cette nature d'élite, a plongé sa famille dans le deuil et ses amis dans l'affliction. C'est un juste de moins sur la terre, un savant de plus enlevé à la science.

HUIT MOIS EN SCANDINAVIE

(SOUVENIRS)

(Planche V). Il était en présence d'une aurore boréale.

IR WILLIAMS TAYLOR

ANECDOTE

(1) SIR WILLIAMS TAYLOR

(ANECDOTE)

J'ai connu à Calcutta, capitale de l'empire des Indes, un officier de l'armée anglaise, le major Williams Taylor ; aujourd'hui, il habite Paris où il est établi depuis qu'il ne fait plus partie de l'armée britanique.

Sous un extérieur froid, il cache une âme d'élite et un cœur d'or ; il est l'idole de mes enfants qui lui prodiguent leurs caresses et le nomment leur grand ami.

C'est un chasseur intrépide et chaque année il vient passer une partie de l'automne chez moi, dans mon domaine de la Graveyrie, en Périgord.

Au bout du parc, commence la forêt composée de futaies et de taillis ; elle sert de refuge aux sangliers qui affectionnent surtout une gorge sauvage dont l'escarpement des rochers présente les formes les plus bizarres. Le sol est déchiré, béant et capricieux ; partout des mousses sombres et des herbes trainantes, et par dessus tout cela l'ombre épaisse que projettent les grands arbres à la végétation puissante. Dans le pays, ce lieu sauvage est nommé la Comba aux marcassins. Seuls, quelques bergers y conduisent leurs troupeaux.

Les sangliers sont de mauvais voisins, ils font souvent des dégâts considérables dans les cultures, aussi est-il nécessaire de faire quelquefois des battues destinées à les chasser de la contrée ; mais toujours ils reviennent à leur bauge de prédilection.

Il y a un mois environ, le major Taylor étant chez moi j'avais organisé une grande chasse à laquelle avaient été conviés plusieurs de mes voisins de campagne, tous disciples de Saint-Hubert.

Après une journée pleine de fatigue et de périls, j'avais réuni tous les chasseurs à ma table.

Le repas achevé, nous étions commodément installés au salon ; naturellement la conversation roulait sur la chasse ; chacun racontait ses prouesses ; quel est le chasseur qui n'a pas une aventure à narrer ? C'est alors que je priai mon ami de nous faire le récit d'une des chasses extraordinaires auxquelles il lui avait été donné d'assister lorsqu'il était dans l'Inde. Il commença ainsi :

J'étais en garnison à Bombay lorsque je reçus ma nomination pour Bénarès où je devais aller commander une compagnie de ces soldats indigènes que nous nommons cipayes.

La ligne qui relie Bombay à Bénarès n'était pas achevée, il me fallut donc m'embarquer pour Calcutta où je devais prendre passage sur un petit steamer qui, remontant le Gange, relie la capitale de l'empire indien avec la ville où je devais me rendre ; depuis quelques années, ce trajet se fait en chemin de fer, ce qui est plus commode, mais moins agréable.

Le Gange est le fleuve sacré des Hindous ; la légende raconte qu'il naquit un jour parce que, à la demande du pieux Bagyratha, la nymphe Ganga, fille ainée de l'Hymalaya, consentit à se précipiter sur la terre.

Son eau est réputée sacrée, les habitants de ses rives sont tenus de s'y baigner à certaines époques de l'année et ceux qui habitent loin du fleuve conservent son eau dans de petites fioles afin de pouvoir en boire à l'heure de leur mort.

SIR WILLIAMS TAYLOR

(ANECDOTE)

(Planche I). La Combe aux Marcassins.

(2) SIR WILLIAMS TAYLOR

(ANECDOTE)

Celui qui a le bonheur de mourir sur ses rives ou seulement de boire de son eau avant de mourir, n'a pas besoin, pour revenir sur la terre, de subir les longues épreuves de la transmigration des âmes.

Le Gange est le plus grand fleuve de l'Hindoustan, il prend sa source dans les monts Himalaya. Dans son cours majestueux, il traverse les provinces de Delhy, d'Agrah, d'Aoude, d'Allahabad, de Berar et du Bengale, puis il se jette dans le golfe du Bengale par un grand nombre de bras formant un immense delta.

Sur les rives du fleuve, j'observais avec la plus grande admiration cette superbe végétation qui est unique sur la surface du globe. Là, je voyais le manghiers aux feuilles semblables à celles du laurier-amandier, à fleurs grandes, blanches et tachées de cramoisi exhalant une suave odeur.

Le fromager, au fruit de la grosseur d'une pomme, contennat des graines de la grosseur d'une fève, qui, si on les écrase avant leur maturité, donnent une belle teinte jaune comme celle de la gomme-gutte.

Le falfé, qui est cultivé dans les jardins à cause de ses jolies fleurs rouges et de ses fruits semblables à des cerises et dont le goût aigrelet est agréable.

Le rava-pou, dont les fleurs sont semblables à celles du jasmin, et dont le parfum est extrêmement doux.

Partout des lianes au feuillage varié et aux corolles brillantes; ça et là des villages, des habitations, des villes. Je me souviendrai toujours de cet admirable voyage sur un des plus beaux fleuves du monde.

Enfin, j'arrivai à Bénarès, la ville sainte des Hindous qui la vénèrent autant que les Musulmans vénèrent La Mecque.

La ville de Bénarès est située dans la province d'Allahabad sur les fertiles rives du Gange, auxquelles on arrive par les ghats, espèces d'escaliers en pierres garnis d'arbres. C'est une des plus remarquables ville de l'Inde; beaucoup de riches Hindous s'y retirent pour y finir leurs jours. Les ghats sont constamment couverts de fidèles des deux sexes, qui viennent là pour prier ou accomplir les ablutions ordonnées par le culte de Brahma.

L'aspect de Bénarès, surtout quand on y arrive par le Gange, est imposant; sa construction en amphithéâtre produit l'effet d'une mer de maisons, de pagodes et de minarets dorés aux proportions sveltes et élégantes.

Ce qui vient détruire une partie de cette impression favorable que ressent le voyageur, ce sont les rues étroites et tortueuses dans lesquelles s'agite et grouille le flot populaire; mais on peut fort bien se dispenser d'y passer pour courir la ville; il faut simplement se promener sur les toitures qui ne sont autre chose que des terrasses communiquant les unes aux autres, soit par d'élégants portiques en treillages de bois de santal ou de nauclea, soit par des ponts lorsqu'il s'agit de traverser au-dessus d'une rue.

Vu du haut de ces sentiers aériens, le mouvement des rues de Bénarès est des plus curieux; on dirait une mer houleuse qui s'agite au-dessous de vous. La variété des costumes vient encore augmenter l'étrangeté du spectacle qui s'offre aux regards étonnés de l'étranger.

SIR WILLIAMS TAYLOR

(ANECDOTE)

(Planche II). Hindous faisant leurs ablutions.

(3) SIR WILLIAMS TAYLOR

(ANECDOTE)

Parmi les nombreuses pagodes ou temples hindous et les innombrables mosquées que l'on compte à Bénarès, il en est plusieurs de très remarquables, par exemple la mosquée construite au XVIIe siècle par Aureng-Zeyb sur les ruines d'une pagode, comme signe de la domination musulmane.

La plus célèbre de toutes les pagodes est celle nommée Vischichor, ou se trouve la pierre noire cylindrique que les Hindous appellent Maho-Déva, c'est-à-dire le grand Dieu, le Dieu puissant par excellence.

Dans l'intérieur, on remarque une statue de bois représentant un dieu sous l'aspect d'un taureau, et les prêtres ou brahmes ont dans la cour intérieure du temple un bœuf vivant qu'ils nourrissent avec soin et qui est traité avec beaucoup de respect. Ce bœuf est connu sous le nom de bœuf brahime; il est plus petit qu'un bœuf ordinaire. sur le dos il a une grosse bosse dans le genre de celle de l'auroch; ses cornes sont courtes, ses oreilles pendantes. Il est spécialement consacré à Siva, dieu de la destruction ; il porte la marque symbolique imprimée sur la hanche.

Bénarès est d'ailleurs l'antique siège du culte et de la science de l'Hindoustan, et chaque année une foule d'Hindous de distinction vient des contrées les plus reculées de l'empire des Indes, pour s'y préparer au culte de Brahma

J'étais d'autant plus satisfait de mon changement de garnison, que je me rapprochais de mon frère Walter, qui habitait non loin de Bénarès, une habitation où il se livrait à la culture de l'indigo et à celle du riz.

Désireux de fêter mon arrivée et voulant me faire admettre plus facilement dans l'intimité des officiers de la garnison, mon frère organisa une grande chasse au tigre a laquelle furent conviés tous mes collègues.

Donc, un matin nous étions dix-huit officiers en route pour Taylor-House

Mon frère s'était construit là une résidence digne d'un nabab ; figurez-vous une vaste construction flanquée de douze kiosques à balcons aériens, avec balustres en bois de santal ; les murs du corps de logis principal sont d'une grande épaisseur, ce qui les rend propres à soutenir une attaque venant de l'extérieur (cette précaution n'est pas inutile dans un pays où les vainqueurs sont souvent obligés de réprimer des révoltes); il faut également ajouter que les murs épais entretiennent. à l'intérieur des habitations, une fraicheur qui ne serait pas obtenue avec des murs ordinaires.

Malgré sa grande solidité, cette construction n'a rien de sévère : des sculptures nombreuses ornent tous les angles, le toit est bordé d'une corniche à jour, avec auvents dentelés, se recourbant à la mode chinoise; puis, par dessus, un gracieux belvedère permet au regard d'embrasser un merveilleux horizon.

Partout des champs cultivés, ici des plantations d'indigo ; plus loin, dans un bas-fond, des rizières immenses où travaillent des indigènes des deux sexes, avec des buffles au pelage sombre ; plus loin, les jungles et la forêt où nous devions chasser le tigre.

SIR WILLIAMS TAYLOR

(ANECDOTE

(Planche III). Bénarès.

(4) SIR WILLIAMS TAYLOR

(ANECDOTE)

Les salles sont vastes, aérées, pleines de fleurs et de parfums; des fontaines laissent échapper des gerbes d'eaux vives, qui retombent en pluie fine comme un brouillard, dans des vasques de marbre et de jaspe, et répandent partout une fraicheur délicieuse; il fait bon à faire la sieste aux heures chaudes du jour, plongé dans une demi-obscurité pleine de volupté.

Point de meubles capitonnés ni de lourds tapis de laine; partout des meubles en bambou et en bois de nauclé dont les tiges flexibles sont entrelacées avec un art charmant; des nattes aux couleurs variées recouvrent les parquets, les canapés et les fauteuils.

Tout vient donner à cette luxueuse habitation un air de palais et de grandeur qui fait bien augurer de l'hospitalité que l'on pourra y recevoir.

Mais je m'aperçois que je suis bien loin de mon sujet et que je vous parle de tout autre chose que d'une chasse au tigre.

Excusez cette trop longue digression, j'ai été repris par les souvenirs du passé, il me semble toujours voir ce beau pays de l'Inde où j'ai passé les plus belles années de ma vie.

Je vous ferai grâce des détails de notre arrivée à Taylor-House et de notre installation; vous comprendrez sans peine la joie que j'éprouvai en me trouvant près de mon frère que je n'avais pas vu depuis plus de cinq ans; ses enfants avaient grandi, mais ils n'avaient pas oublié leur oncle, l'officier de cipayes.

La première chasse fut décidée pour le surlendemain; nous partîmes le matin à l'aube, montés sur des éléphants dressés pour la chasse au tigre, quelques serviteurs indigènes à cheval allaient à un demi-mille en avant de notre petite troupe, mon frère nous accompagnait.

Nous venions de contourner une pièce de terre, couverte de plants d'indigo, lorsque quelques chasseurs aperçurent la carcasse d'un cheval à moitié dévoré; c'était sans doute un tigre qui avait depuis peu quitté ce festin après avoir assouvi sa faim.

Nous allions entrer dans les jungles, on se forma aussitôt en ligne de chasse et la battue commença; notre attente ne fut pas longue, derrière un massif d'épais buissons de buis, j'aperçus un animal qui se disposait à fuir devant les rabatteurs qui allaient à quelques pas devant nous, ils s'étaient repliés sur le gros de la troupe, en entrant dans les jungles.

Nous étions en présence d'un magnifique tigre adulte, immédiatement la poursuite commença. La bête se lança en avant, dans la direction de la forêt, mais au lieu de s'y engager, elle fit un retour en arrière, menaçant notre aile droite où je me trouvais avec mon frère et trois officiers de mon régiment.

A son approche, nos éléphants s'arrêtèrent, quelques-uns voulaient même faire volte-face; une lutte active commença entre eux et leurs cornacs. Le tigre avançait toujours, il se repliait sur lui-même pour bondir sur l'un de nous, lorsque mon frère lui lança une balle qui vint le toucher à l'épaule.

SIR WILLIAMS TAYLOR

(ANECDOTE)

(Planche IV) La bête s'élança en avant dans la direction de la forêt

(5) # SIR WILLIAMS TAYLOR

(ANECDOTE)

Le tigre tomba à quelques pas de mon éléphant, couché sur le dos, les pattes se livrant à un violent exercice de pugilat.

Ses soubresauts l'amenèrent insensiblement entre les jambes de mon éléphant qui, saisi de frayeur, se mit à sauter en mugissant.

Ma position devenait critique; au risque de me blesser, je me laissai glisser à terre, mon frère y était déjà, il se disposait à achever le tigre, lorsque celui-ci, se relevant d'un mouvement brusque, l'envoya rouler à dix pas plus loin.

C'est alors que j'intervins, prenant bien mon temps, je visai au milieu du front et je logeai une balle entre les deux yeux du tigre qui tomba pour ne plus se relever.

Les autres chasseurs arrivaient, un hourrah général accueillit la chute du tigre, qui, pendant un moment, nous avait causé une grande inquiétude.

La chasse était terminée, nous rentrâmes tous à Taylor-House, enchantés de ce début. J'ai conservé la peau de ce tigre, elle orne mon cabinet de travail.

Le lendemain était un dimanche, il n'y eût donc pas de chasse organisée pour ce jour-là; mais le jour suivant, de grand matin, tous les chasseurs se mirent en campagne.

Nous n'avions pas encore atteint la lizière de la forêt, que le bruit de notre marche fit lever une énorme tigresse.

L'animal, au lieu de fuir à notre approche, attaqua avec fureur notre ligne de combat. J'avais pour voisin un jeune lieutenant d'artillerie, qui était monté sur un éléphant peu habitué à la vue du tigre.

Cet animal s'épouvanta, et, malgré les efforts de son cornac, il fit demi-tour et s'enfuit. La tigresse, encouragée sans doute par cette fuite, s'élança à la poursuite de l'éléphant, sur le dos duquel elle réussit à sauter. Le malheureux lieutenant fut saisi par la cuisse et entraîné à terre; nous n'étions pas encore arrivés sur le lieu de l'accident, que la tigresse l'avait jeté sur ses épaules, nous la vîmes s'enfuir en bondissant. Tous nos fusils s'étaient dirigés vers elle, mais aucun chasseur n'osait tirer dans la crainte de frapper le malheureux qu'elle emportait.

Notre infortuné compagnon ne perdit pas la tête, dans la circonstance terrible qu'il traversait; songeant qu'il avait un long crick malais passé à sa ceinture, il fit tous ses efforts pour s'en emparer; lorsqu'il l'eût affermi de son mieux dans sa main tremblante, il l'enfonça à deux reprises dans le cou de la tigresse, qui poussa un rugissement de douleur. Le mouvement de mâchoires, qui fut provoqué par son rugissement, délivra l'infortuné officier qui roula sur le sol. La tigresse, rendue furieuse par sa blessure, revenait à sa victime: mais nous arrivions et le colonel Klarck, qui tenait la tête de notre troupe, arrêta l'élan de la bête féroce en lui envoyant une balle au cœur. Le blessé était évanoui, il fut transporté en toute hâte à l'habitation, où un pansement fut fait par le chirurgien de mon régiment qui était avec nous. Cet accident fut la fin de notre partie de chasse, et deux jours après nous revenions à Bénarès, escortant le palanquin qui portait notre camarade. Sa blessure le tint près de trois mois au lit, les soins les plus assidus lui furent prodigués, il put conserver sa jambe et reprendre son service.

(Fin) A. Cook

SIR WILLIAMS TAYLOR

(ANECDOTE)

(Planche V) La tigresse l'avait jeté sur ses épaules

A TRAVERS LE FAR-WEST

NOUVELLE

(1) A TRAVERS LE FAR-WEST

(NOUVELLE)

Mon vieil oncle Lionel, dont je suis l'unique héritier, habite non loin de Saint-Privat-des-Prés, en Périgord, un vieux château seigneurial dont il est devenu acquéreur à son retour de Californie. Le manoir de la Graveyrie, qui appartient au style du XVIe siècle, est d'une grandeur et d'une architecture qui lui permettent de rivaliser avec les plus beaux châteaux historiques qu'il m'a été donné de visiter dans mes voyages à travers la France.

Il se dresse fièrement sur ses assises de granit, étalant ses tourelles aux ogives festonnées et son vieux donjon aux créneaux ébréchés.

Ses appartements sont vastes et somptueux; un escalier monumental aux marches de granit conduit aux étages supérieurs. Tout cela est revêtu d'un caractère vraiment imposant, mais pour lui enlever son aspect glacial, il faudrait que cette antique demeure fut habitée par une nombreuse famille et non par un vieillard entouré de quelques domestiques.

De la grille d'honneur, on découvre une longue allée d'ormes séculaires qui conduit au grand perron du château; de vastes pelouses s'étendent de chaque côté, ménageant un vaste horizon.

Un parc immense descend en pente douce vers la Rizonne, petite rivière toute bordée de vieux saules et de hauts peupliers.

Ce parc magnifique est percé d'allées tortueuses qui viennent aboutir au charmant petit lac que forme la rivière et sur les eaux duquel s'ébattent des cygnes et des canards de Chine aux couleurs brillantes et variées.

A certains endroits, les rives de la Rizonne sont escarpées; elles projettent leur ombre sur le cours d'eau qui parfois roule en écumant sur un lit de galets. Quelques rochers couverts de mousses et de plantes grimpantes, ainsi que des bouquets d'arbres nains, donnent à ces parties de la vallée un caractère abrupt qui est plein de charme.

Puis la rivière s'élargit un peu, elle baigne sur l'autre rive une plaine plus vaste couverte de bosquets et de vertes prairies; un chemin bordé d'ormes et de frênes conduit au joli moulin des Glayeuls dont les toits de tuiles rouges et le joyeux tic-tac viennent compléter l'ensemble de ce charmant paysage.

Mon oncle, qui a toujours vécu de cette vie active qui est inhérente à tout Américain, est ennemi de la solitude. Pour s'entourer d'un peu de mouvement et pour vivre moins seul, il permet le libre accès de son parc, et chaque dimanche, les villageois d'alentour viennent danser sur la pelouse du bord de l'eau aux sons d'une musique champêtre.

Alors, le bon vieillard est heureux; ce bruit, ce mouvement lui font plaisir : il se sent revivre au passé.

Mais sa plus grande joie, c'est quand je lui conduis ma petite famille : ma femme et mes enfants; nous passons près de lui une partie de la belle saison Les chers petits s'attachent à lui : l'un veut l'emmener à droite, l'autre le tire à gauche; il se laisse faire en souriant et il les suit partout où ils veulent le conduire.

A TRAVERS LE FAR-WEST

NOUVELLE

(Planche I) Les allées viennent aboutir au charmant petit lac

(2) A TRAVERS LE FAR-WEST

(NOUVELLE)

Mon oncle Lionel était le frère aîné de mon père; il avait vingt-cinq ans lorsqu'il s'embarqua pour l'Amérique, emporté lui aussi par la fièvre de l'or qui attirait tant d'Européens en Californie.

Homme d'ordre et travailleur infatigable, il a écrit sous forme de Mémoires l'historique complet de sa vie pleine de traverses et d'épreuves. C'est en consultant ses manuscrits que j'ai pu établir le résumé qui va suivre. Pour conserver à ce récit toute sa force et toute son originalité, je vais laisser parler l'écrivain :

C'était donc décidé, je partais pour la Californie; j'avais vingt-cinq ans. Contrairement à ce que faisaient un grand nombre d'émigrants, je résolus de me rendre à la terre de l'or en passant par New-York pour ensuite traverser le Far-West en me joignant à l'une des nombreuses caravanes qui accomplissaient alors ce long voyage. Je pris donc passage au Havre sur un paquebot de la Compagnie transatlantique et quinze jours après je débarquais à New-York, la grande métropole de l'Est.

L'aube commençait à poindre, mais les dernières vapeurs de la nuit empêchaient encore de distinguer la grande cité américaine et le magnifique paysage qui l'entoure.

Nous avions dépassé Brooklyn et, à l'horizon, dans un périmètre rapproché, le territoire de Long-Island nous apparaissait comme perdu dans une pénombre fantasmagorique.

Les eaux de la baie clapotaient contre les parois du navire, en se soulevant doucement sous la forme de petites vagues empourprées par les reflets du jour naissant.

Enfin le paquebot entra dans l'East-River et vint s'amarrer le long du débarcadère; quelques instants après, je foulais le sol américain.

New-York est la plus grande ville de l'Amérique; c'est, après Londres, la plus importante place de commerce du monde. Elle est reliée avec toutes les parties du globe par des lignes de paquebots qui partent et arrivent avec la plus grande régularité de dates.

Elle est bâtie sur la baie de New-York, entre l'Hudson, l'Harlem-River et l'East-River; un groupe d'îles, dont la principale est Long-Island, la protège contre les fureurs de l'Océan, formant deux ports extrêmement sûrs : le port intérieur, défendu par des fortifications, et le port extérieur ou la baie proprement dite, qui s'étend depuis les Narows jusqu'à 28 kilomètres au sud du cap de Sandy-Hook. Les navires au long cours jettent presque toujours l'ancre dans l'East-River, tandis que les bâtiments qui font le cabotage stationnent pour la plupart dans l'Hudson.

Fondée en 1613 par les Hollandais, cette ville porta en principe le nom de Nouvelle-Amsterdam; puis, en 1664, les Anglais s'en étant emparés l'appelèrent New-York, nom qu'elle a toujours conservé.

Son accroissement fut rapide. En peu de temps, elle devint la ville la plus considérable de l'Amérique, et aujourd'hui sa population est évaluée à 1,300,000 habitants.

A TRAVERS LE FAR-WEST

NOUVELLE

(Planche II) Une rue de New-York

(3) # A TRAVERS LE FAR-WEST

(NOUVELLE)

Les édifices publics sont nombreux et construits avec le meilleur goût. Je citerai, par exemple, la Bourse, magnifique monument en granit qui offre au visiteur un splendide portique orné de colonnes d'ordre ionique, et un dôme soutenu par huit colonnes corinthiennes en marbre blanc; l'Hôtel de Ville ou City-Hall, au milieu du parc; le palais de la douane, qui affecte la forme d un ancien temple; le Palais de Justice, le Museum, la Bibliothèque, le Lycée, un grand nombre d'hôpitaux et d'établissements hospitaliers, etc.

Les grandes artères de New-York sont bordées de maisons magnifiques et d'hôtels somptueux; la voie principale, Broadway, traverse la ville dans la direction du nord sur une longueur qui dépasse quatre kilomètres. C'est le centre du luxe et du plaisir, c'est le rendez-vous du beau monde. Dans la partie sud, se trouve la *Battery*, magnifique place plantée d'arbres et de bosquets, d'où l'on découvre une vue admirable sur la baie. Aujourd'hui, un pont gigantesque relie New-York à Brooklyn, dans Long-Island; c'est un pont suspendu au-dessus de l'East-River; sa longueur totale est de 1,824 mètres 45, sa largeur de 29 mètres 90; il est soutenu par quatre gros câbles de 40 centimètres de diamètre. Ce pont est divisé en cinq parties : la voie du milieu pour les piétons; à droite et à gauche, sont deux voies parallèles sur lesquelles circulent des tramways spécialement installés pour la traversée du pont; enfin, deux autres voies de côté servent à la circulation des voitures.

Ce pont a coûté 75 millions de francs; commencé le 2 janvier 1870, il a été inauguré le 24 mai 1883. La plus grande difficulté à surmonter a été l'établissement des piles; il faut un terrain bien solide pour asseoir les colonnes de maçonnerie qui doivent supporter un pareil poids.

Ayant en poche une somme assez importante, je ne fus pas dans la nécessité de presser mon départ en me joignant imprudemment à ces caravanes d'aventuriers sans foi ni loi, qui deviennent facilement des assassins et des pirates des prairies.

Mais je n'eus pas à attendre longtemps; je réussis à faire partie d'un groupe de Français qui se disposait à entreprendre le même voyage que moi. Etant seul, je me dispensai d'organiser un charriot, lourd véhicule, véritable forteresse roulante qui est toujours utilisée en pareil cas. Moyennant une somme versée d'avance, je fus admis dans une famille qui devait se charger de ma nourriture et du transport de mes bagages. J'eus simplement à me procurer un cheval et des armes.

Dans les premiers jours du mois de juin 1849, nous quittions New-York au nombre de soixante, dont trente-cinq étaient capables de porter des armes et de prendre part à la défense de la caravane.

Nous traversâmes successivement et sans accidents les Etats de Pensylvanie, de l'Ohio, d'Indiana, d'Illinois, du Missouri. Une halte d'une semaine fut faite à Saint-Louis; il fallait renouveler les provisions et faire reposer les animaux avant de s'aventurer dans les immenses prairies où nous ne devions plus rencontrer que des Indiens ennemis.

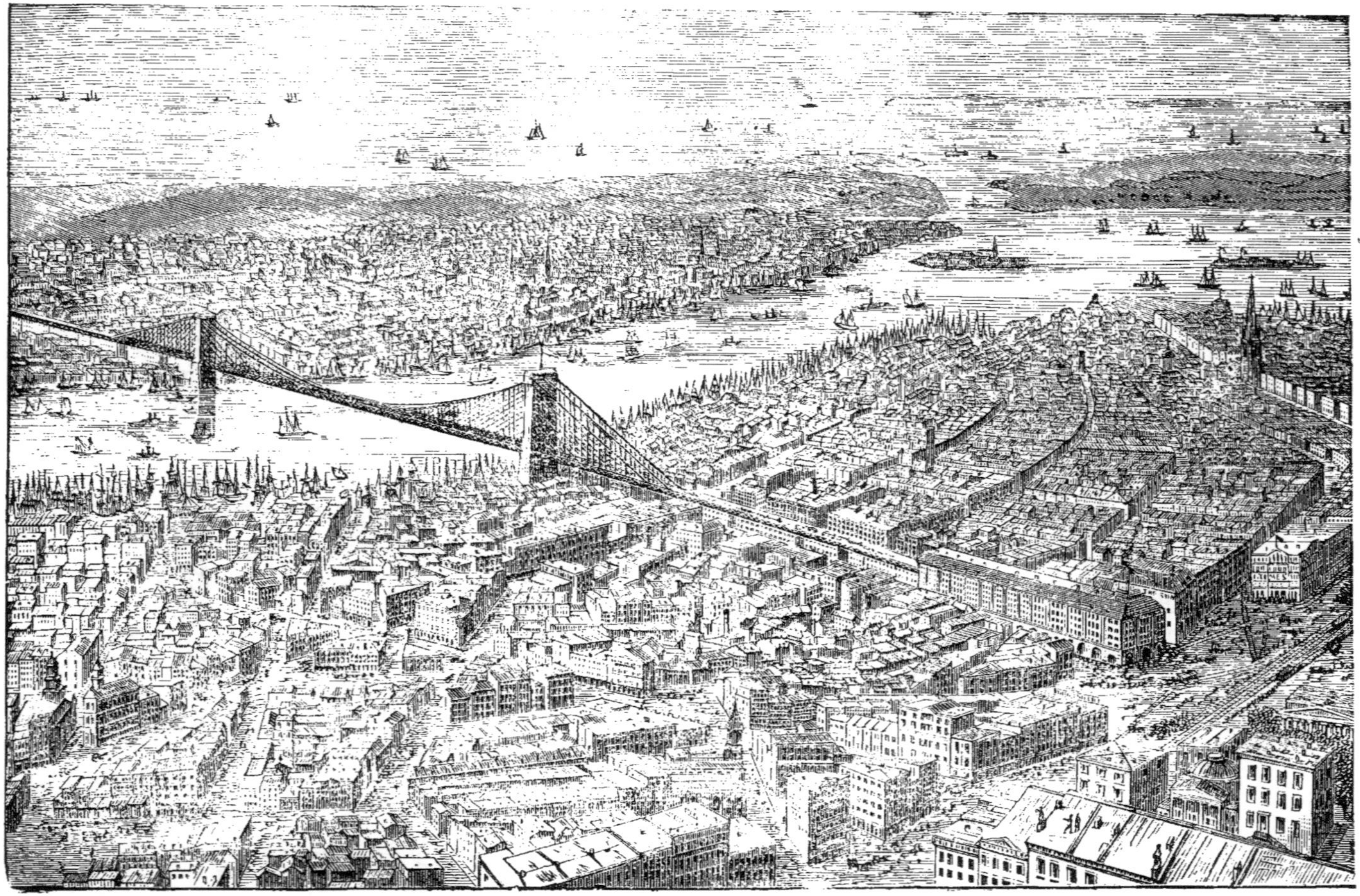

(Planche III) Le pont de Brooklyn

(4) A TRAVERS LE FAR-WEST

(NOUVELLE)

La marche en avant fut reprise et le voyage se continua sans incidents dignes d'être relatés. Chaque soir, après la longue étape de la journée, nous faisions halte auprès d'une rivière ou sur le bord d'une source; les chariots formaient le cercle et nos animaux étaient parqués dans cette enceinte. Quatre sentinelles, renouvelées de deux heures en deux heures, faisaient le guet et veillaient sur le sommeil de leurs compagnons.

Le lendemain, dès l'aube, on se remettait en marche, avançant en colonne serrée, les armes toujours prêtes en cas d'attaque. Seuls, deux ou trois des meilleurs tireurs s'écartaient un peu du gros de la troupe pour chasser l'élan et le bison, et pourvoir ainsi au ravitaillement de la caravane. Les chariots contenaient bien des approvisionnements importants, mais ils n'auraient peut-être pas été suffisants pour un aussi long voyage.

Les premiers contreforts des Montagnes Rocheuses furent atteints Nous avions presque continuellement suivi le cours du Kansas, rivière qui prend sa source non loin du pic de Pike.

Les Montagnes Rocheuses sont en quelque sorte la continuation de la Cordillère des Andes, cette immense succession de pics sans pareils, qui coupe les deux Amériques en deux portions inégales. C'est là que viennent prendre leurs sources ces nombreuses rivières qui se dirigent vers l'Est jusqu'à l'Océan Atlantique, arrosant, dans leur cours sinueux et sans fin, les immenses prairies verdoyantes où vivent les tribus indiennes de l'Amérique du Nord.

La portion Ouest a bien moins d'étendue; les cours d'eau sont souvent des torrents qui descendent dans les vallées en cascades successives avec un sourd grondement qui peut rivaliser avec celui du tonnerre.

Tout d'abord ces montagnes semblent infranchissables; mais les émigrants sont courageux, rien ne peut les arrêter dans leur marche. Doublant les attelages, installant quelquefois des poulies de retour, ils font franchir à leurs chariots les passages les plus difficiles, choisissant, autant que cela leur est possible, les gorges les moins convulsionnées.

Ce long voyage à travers la prairie, cette vie d'indépendance et de liberté m'avaient rempli d'admiration. Je me souviens encore des belles soirées passées dans ces immenses solitudes du Far-West; comme je me sentais alors loin de l'Europe avec ses grandeurs, ses passions et ses crimes. Plongé dans le ravissement, j'écoutais le murmure de la brise passant légère dans les grands arbres, dont les feuilles bruissaient doucement, ou glissant plaintive sur les hautes herbes qui s'agitaient en une ondulation molle et languissante.

Pour qui a goûté de cette vie nomade et sans entraves, parmi les grands espaces solitaires; pour quiconque a assisté à ces chasses émouvantes et pleines de périls et de difficultés, rien n'est comparable à cette vie du Far-West.

Se sentir jeune et robuste, dépenser librement son activité, parcourir le désert emporté par le galop d'un coursier rapide, c'est le rêve, l'idéal de ces natures chevaleresques qui se rencontrent encore quelquefois dans notre vieille Europe.

A TRAVERS LE FAR-WEST

NOUVELLE

Les charriots formaient le cercle

(Planche IV)

(5) *A TRAVERS LE FAR-WEST*

(NOUVELLE)

Nous étions là depuis plusieurs jours, et il n'était pas encore question de franchir les Montagnes Rocheuses. Un matin, je m'écartai du campement espérant tuer quelque gibier qui pourrait nous donner un peu de viande fraîche.

J'avançais lentement; monté sur mon cheval, je cherchais à découvrir dans la plaine la trace d'un troupeau ou bien une bête isolée, mais par suite d'une fatalité inexplicable rien n'apparaissait à mes regards : ni élans, ni bisons, pas le plus petit animal.

Le soleil avait fait la moitié de sa course, il pouvait être midi : découragé, je pris le parti de m'asseoir au milieu d'une petite clairière qui couronnait le sommet d'un tertre assez élevé. Par suite de cette position toute favorable, je pouvais, tout en prenant mon repas et en me reposant, surveiller la plaine qui se déroulait à mes pieds.

Une petite fontaine jaillissait à quelques pas de moi, répandant une fraîcheur agréable ; le trop plein descendait dans la plaine en cascades gracieuses pour former ensuite un ruisseau qui s'en allait en murmurant au milieu des hautes herbes.

J'étais là depuis une demi-heure ; mon repas étant achevé, je fumais tranquillement appuyé contre un arbre, lorsque mon attention fut attirée par un bruit singulier qui me sembla produit par les pas d'un animal pesant : en effet, regardant du côté d'où venait le bruit, je vis un magnifique bison qui s'avançait lentement vers le ruisseau où il voulait sans doute se désaltérer. Le gibier venait au chasseur; il s'agissait maintenant de s'en approcher sans l'effrayer. Je me glissai avec précaution, me dissimulant de mon mieux derrière chaque buisson: après s'être désaltéré, le bison se mit à brouter négligemment quelques jeunes tiges d'arbres, ce qui me permit de me placer convenablement et de tirer à coup sûr.

Blessé au défaut de l'épaule, l'animal fit un bond prodigieux en poussant un beuglement sonore ; ne voyant pas son ennemi, il chercha à s'enfuir, mais un second coup de fusil visé droit au cœur vint l'arrêter dans sa course.

Enchanté de ma chasse, je revins au camp en toute hâte pour avoir du renfort ; je ne pouvais pas, avec mon cheval, emporter l'énorme bête que je venais de tuer. Deux heures plus tard, le bison était au campement où chacun se mit à l'œuvre pour le dépecer convenablement.

Nous avions fait halte dans une très belle position, à quelques milles des sources du Kansas; les tentes avaient été dressées au milieu d'une enceinte formée avec les chariots et des palissades volantes faites de pieux reliés les uns aux autres par des traverses d'une grande solidité. C'était une véritable citadelle capable de soutenir un siège contre les Indiens qui sont toujours à redouter dans ces parages.

Le soir, les animaux étaient entravés et parqués à l'intérieur ; il fallait éviter le vol ou la perte de nos bêtes de trait qu'il nous aurait été impossible de remplacer.

A TRAVERS LE FAR-WEST

NOUVELLE

(Planche V) Le Bison se mit à brouter

(6) A TRAVERS LE FAR-WEST

(NOUVELLE)

Le jour venait de finir; le crépuscule allait lui-même faire place à la nuit, déjà des ombres épaisses cachaient à nos yeux les pics élevés de la chaîne de montagne au pied de laquelle nous étions campés.

Ce soir-là, j'étais de garde à l'extrémité ouest de l'enceinte; il pouvait être dix heures; pas un souffle de vent, pas un murmure ne troublaient le silence et la majesté de cette nuit étoilée

Cependant, je crus remarquer un mouvement insolite, une sorte d'ondulation qui se produisait à une faible distance de l'endroit où je veillais.

D'où provenait cette légère agitation? Elle n'était certainement pas produite par la brise, puisque pas le moindre zéphir ne circulait dans l'air. Etait-ce un animal? Dans ce cas, le mouvement aurait été plus accentué, et un bruit quelconque aurait annoncé sa présence Ces conjectures étant écartées, je devais croire que j'avais en face de moi une troupe d'Indiens s'avançant avec mille précautions pour escalader nos barricades et nous assaillir à l'improviste

Pressentant un danger, j'appelai mon plus proche compagnon de veille; en deux mots, je lui fis part de mes craintes et je le chargeai d'avertir nos compagnons endormis. Le réveil fut silencieux; dix minutes plus tard, tout le monde était sous les armes; les assaillants pouvaient se présenter, ils seraient bien reçus.

La lune se leva, éclairant les alentours de ses reflets argentés. Au même instant, une troupe d'environ cinquante Indiens, qui attendait l'apparition de l'astre des nuits pour commencer l'attaque, se rua sur l'enceinte du camp en poussant un horrible cri de guerre. Trente-cinq coups de feu éclatèrent à la fois, balayant les abords de nos retranchements; les Indiens, qui ne s'attendaient pas à une pareille réception, firent un vif mouvement de recul qui permit aux assiégés de recharger leurs armes pour faire face à un nouvel assaut.

Les assaillants, qui avaient laissé sur le sol une dizaine des leurs, changèrent de tactique. Se reformant à l'abri des bouquets d'arbres, ils se disséminèrent autour du camp, mais nous occupions tous les points Pour ne pas épuiser les munitions en fusillades inutiles, nous ne répondîmes pas tout d'abord aux coups de feu tirés par les Indiens; notre silence leur donna de la hardiesse, ils crurent un instant que nous nous considérions comme vaincus. Ne doutant plus du succès, ils se ruèrent de nouveau sur l'enceinte; leur élan fut tel, qu'ils parvinrent presque à franchir l'obstacle Mais une décharge générale les accueillit; il leur fallut encore reculer en laissant le sol jonché de cadavres.

Nous avions trois hommes blessés légèrement; les femmes et les enfants étaient à l'abri dans un chariot qui demeurait au milieu du camp pour préserver de toute atteinte les armes et les munitions.

Les Indiens venaient de s'apercevoir à leurs dépens qu'il ne leur serait pas facile de nous écraser; ils essayèrent de nous anéantir par la ruse. Non loin de la ligne des chariots, se dressait un érable à la végétation puissante; avisant cet arbre, un Indien s'empressa d'y grimper, puis de là il nous mitrailla à son aise. Déjà, il avait blessé grièvement plusieurs de mes compagnons, sans que nous ayons pu nous rendre compte d'où partait ce feu meurtrier.

A TRAVERS LE FAR-WEST

NOUVELLE

(Planche VI)

Ce soir là j'étais de garde

(7) A TRAVERS LE FAR-WEST

(NOUVELLE)

Quand nous eûmes découvert la retraite de notre meurtrier, il fallut aviser à l'en déloger; plusieurs balles lui furent envoyées, mais sans résultat; il était à l'abri derrière les branches de l'érable. Comment faire? Quel parti prendre?

Je songeai tout à coup à un stratagème que je résolus d'essayer de suite. Faisant mettre mes compagnons directement contre la barricade, de façon à ce qu'ils fussent dissimulés le plus possible, je demeurai seul dans l'ombre, un peu à l'écart. Un des hommes de la troupe mit son bonnet au bout du canon de son fusil, puis il l'éleva lentement et comme avec précaution par dessus la palissade. L'Indien crut voir un homme inspectant les environs; immédiatement, il se mit en mesure de lui envoyer une balle, mais le mouvement qu'il fit pour épauler son arme le mit un instant à découvert; j'attendais ce moment; prompt comme l'éclair, je fis feu et l'Indien dégringola de son arbre : il avait le crâne fracassé. Cette chute fut accueillie de notre côté par un cri de triomphe, auquel répondirent les vociférations des Indiens, rendus furieux par la mort de leur meilleur tireur. Animés par un grand désir de vengeance, ils s'élancèrent contre nous avec une telle impétuosité, que quelques-uns d'entre eux parvinrent à franchir l'enceinte et à pénétrer jusqu'à nous. Une lutte corps à corps s'engagea, mais vaincus par le nombre, ils furent tués jusqu'au dernier; le reste de la bande prit la fuite, laissant sur le sol vingt-quatre des leurs.

La nuit allait finir; déjà les premières lueurs de l'aube se dessinaient à l'horizon : des bandes indécises flottant de l'orange clair au vert d'émeraude marquaient au loin l'extrême limite où le ciel et la terre semblent se confondre. Montant à cheval, vingt d'entre nous se mirent à la poursuite des fuyards. Cette course nous mena jusqu'au campement des Indiens, mais les tentes étaient vides : se sentant poursuivis, ils avaient continué leur retraite pour se mettre hors de notre atteinte.

Nous allions nous retirer, n'ayant plus rien à faire en ce lieu, lorsque je vis venir vers nous une jeune fille accompagnée d'un petit garçon d'une douzaine d'années. En deux mots, ils nous racontèrent leur histoire.

Ils faisaient partie d'une petite troupe d'émigrants qui, moins heureux que nous, avaient été pris et massacrés par les Indiens. Emmenés par les vainqueurs, les deux malheureux enfants se demandaient avec inquiétude quel serait leur sort, lorsque, heureusement pour eux, nous étions venu les délivrer.

Ils nous apprirent que depuis environ deux semaines, les Indiens nous suivaient à une demi-journée de distance attendant une occasion favorable pour nous attaquer. Trois d'entre eux avaient assisté à ma chasse au bison de la veille; ils étaient cachés dans les ramures qui bordaient le petit ruisseau et ils se disposaient à assaillir le bison qu'ils avaient devant eux, lorsque mon coup de fusil vint leur montrer qu'ils n'étaient pas seuls. Effrayés, ils s'enfuirent à la hâte sans chercher à savoir s'ils avaient affaire à un ou à plusieurs chasseurs.

A TRAVERS LE FAR-WEST

NOUVELLE

(Planche VII) Ils étaient cachés dans les ramures

(8) A TRAVERS LE FAR-WEST

(NOUVELLE)

Aussitôt arrivés à leur campement, ils avaient fait part de leur aventure et c'est alors que, craignant d'avoir été découverts, ils résolurent de hâter les évènements en nous attaquant le soir même. Notre vigilance et notre force numérique nous avaient permis de sortir vainqueurs de cette surprise.

Les deux orphelins que nous venions de recueillir étaient comme nous d'origine française; ils accompagnaient leurs parents qui allaient eux aussi tenter fortune en Californie. Ils se trouvèrent sans ressource; tout ce qu'ils possédaient avait été pris par les indiens. D'un commun accord, il fut décidé que nous leur viendrions en aide et l'hospitalité la plus généreuse leur fut offerte.

La jeune fille qui maintenant allait servir de mère à son jeune frère, de quelques années plus jeune qu'elle, se nommait Edmée; c'était une belle enfant à la taille svelte et élancée; d'épais cheveux châtains tombaient en flocons des deux côtés de son visage d'un ovale parfait; ls étaient si fins et si soyeux que la brise du désert, en se jouant parmi eux, les agitait et les faisait frissonner comme les grandes herbes de la prairie

Sa voix était harmonieuse et douce; ses yeux, noirs et profonds, brillaient d'un vif éclat; tout dans sa physionomie dénotait une grande force de caractère et une énergie que l'on n'aurait pas cru rencontrer chez une personne aussi frêle et aussi délicate. Son frère Herbert était un robuste gamin de douze ans qui promettait de devenir un homme accompli.

Craignant un retour offensif de nos ennemis qui pouvaient revenir en plus grand nombre pour venger leur défaite, nous levâmes le camp, et notre petite troupe se disposa à franchir la ligne des monts Rocheux. Nos blessés furent installés dans les chariots, puis on se mit en marche. La traversée fut hérissée de difficultés, mais enfin nos efforts furent couronnés de succès et cinq jours après nous étions campés sur l'autre versant de la montagne, à quelques milles des sources du Rio-Grande.

L'espace était ouvert devant nous; jusqu'à la Sierra Nevada, nous pouvions avancer sans trop de difficultés; quelques chaînes secondaires allaient se trouver sur notre chemin, mais il nous serait facile de les franchir en profitant des défilés indiqués sur l'excellente carte du territoire d'Utah que je possédais.

Nôtre marche fut accélérée autant que possible. Nous commencions à rencontrer des convois d'émigrants s'avançant à petites journées vers le pays de l'or. Sans les attendre, nous les distancions et enfin nous atteignîmes sans accidents les derniers obstacles à franchir : la Sierra Nevada.

Nous étions à Carson-City, petite ville naissante de quinze cents habitants et capitale de l'Etat de Nevada ; située à peu de distance des montagnes, cette petite cité jouit d'un climat exceptionnel.

Pour arriver à San-Francisco, nous avions deux itinéraires : franchir la montagne ou remonter vers le nord jusqu'au mont Shasta où nous devions trouver les sources du Sacramento, fleuve qu'il nous serait facile de suivre jusqu'à la baie de San-Franscico.

Planche VIII. La traversée fut hérissée de difficultés

(9) # A TRAVERS LE FAR-WEST

(NOUVELLE)

Le premier projet offrait beaucoup de difficultés, mais il avait l avantage de nous faire gagner du temps; aussi fût-il adopté à l'unanimité. Nous avions escaladé les Montagnes Rocheuses, nous devions pouvoir en faire autant de la Sierra Nevada; les obstacles ne seraient pas plus difficiles à vaincre et nous serions à San-Francisco un mois plus tôt.

Nos attelages étant reposés, nous nous disposions à reprendre notre voyage, lorsque le hasard nous fit faire la connaissance d'un Américain qui était venu de San-Francisco et qui se disposait à y revenir.

Il nous demanda la permission de se joindre à nous, s'offrant de nous guider dans la montagne où il connaissait un passage d'un accès facile. Sa proposition fut acceptée et le lendemain nous quittions Carson-City. Par extraordinaire, notre guide était un honnête homme; nous avions eu la main heureuse en le prenant, et il nous fit passer par un défilé que nous n'aurions jamais su trouver sans son aide. Pendant les premiers jours de voyage en sa compagnie, nous ne le perdîmes pas de vue un seul instant, car il lui aurait été facile de nous faire tomber dans une embuscade où nous aurions bien pu laisser le plus clair de notre avoir. Notre surveillance fut inutile, et elle se ralentit d'elle-même pour faire place à la confiance que notre guide méritait.

Enfin, nous sommes au terme de notre voyage; nous avons devant nous San-Francisco, le pays des pépites, le pays de l'or. Notre troupe va se disloquer et chacun pourra tenter la fortune à son gré et selon ses aptitudes.

« Mes amis, dit le plus âgé d'entre nous, celui qui moralement avait été notre chef, avant de nous séparer, je crois utile de vous conseiller de rester unis; nous venons de vivre de la même vie pendant plusieurs mois; nous avons couru les mêmes dangers et subi les mêmes épreuves; nous ne sommes donc pas des étrangers les uns pour les autres.

» Notre vie va maintenant s'écouler au milieu de gens, qui pour la plupart, sont des aventuriers sans foi ni loi. Si vous le voulez, tout en conservant individuellement notre indépendance et notre liberté d'action, nous formerons un seul groupe, une sorte de petit village, et mettant en pratique cette belle devise : « Un pour tous, tous pour un », nous serons à l'abri des dangers que doivent courir des êtres isolés dans un milieu comme celui-ci où le vol et le meurtre sont fréquents et souvent impunis. »

Cette sage proposition fut acceptée avec empressement; mettant en œuvre toutes nos facultés et tous les moyens à notre disposition, nous procédâmes à notre installation en construisant, à peu de distance du village de San-Francisco, et dans un endroit bien abrité, autant de maisonnettes en bois qu'il y avait de familles, et un mois après notre arrivée notre petit village était complètement édifié.

Pour moi, je continuai à demeurer chez les braves gens qui avaient été mes hôtes pendant notre voyage; j'étais là comme l'enfant de la maison, et en payant ma quote-part dans les dépenses de la famille, j'étais à l'abri de toute inquiétude et de tout embarras de ménage. Que voulez-vous que fasse un jeune homme seul dans une pareille situation?

A TRAVERS LE FAR-WEST

NOUVELLE

(Planche IX) La Sierra

(10) A TRAVERS LE FAR-WEST

(NOUVELLE)

Les placers étant situés à une assez grande distance de San-Francisco, nous nous y rendions le lundi matin pour ne revenir au logis que le samedi soir; nous passions ainsi en famille notre journée du dimanche, qui était toujours consacrée au repos.

A cette époque, San-Francisco offrait l'aspect d'un vaste camp où vivaient pêle-mêle des représentants de toutes les nations du monde : Français, Anglais, Chiliens, Allemands, Chinois, Mexicains, Indiens, blancs, noirs ou cuivrés tendant vers le même but, l'or.

Jusqu'au jour de la grande découverte, le village de San-Francisco était fréquenté par quelques baleiniers qui venaient faire provision de vivres frais en échange desquels ils donnaient un peu de marchandises embarquées à cet effet.

Maintenant, tout était changé; le pays ne produisait plus rien; la fièvre de l'or avait attiré tous les émigrants dans les mines. Mais il fallait vivre; aussi sans relâche les navires se succédaient dans le port débarquant des flots d'émigrants et des marchandises de toutes sortes.

En 1850, j'ai vu entrer plus de six cents navires portant cinquante mille passagers; les matelots et les officiers désertèrent pour se rendre aux mines, et les carcasses des navires abandonnés furent vendues pour construire des baraquements.

En deux ans, le chiffre de la population fut subitement porté de 1,500 à 150,000 âmes; aux placers, l'or ne diminuait pas; on le trouvait dans les affluents du Sacramento et dans le lit des torrents où il avait été entraîné par les pluies de l'hiver.

Son poids le faisait déposer dans le fond des bassins naturels ou bien il était retenu par le remous des torrents; c'étaient là les placers humides où l'or était récolté à la pelle, en mélange avec le sable ferrugineux formant le lit des cours d'eau.

Ailleurs, nous avions les placers secs, mais l'eau y faisait défaut, elle est cependant indispensable pour le lavage des terres. Le bois étant abondant, on en fit des conduits pour amener l'eau dans de vastes réservoirs où elle était emmagasinée, puis à l'aide de forts tuyaux on attaquait les terrains aurifères que l'on voulait exploiter; l'eau entraînait la terre et les cailloux dans des dalles ou conduits grillagés et l'or, plus pesant, tombait dans un double fond.

Aux placers secs comme aux placers humides, on séparait l'or de la boue à laquelle il pouvait être mélangé en se servant du mercure.

Cette substance métallique s'emparait de l'or et faisait corps avec lui; puis cet amalgame était mis dans un sac en peau que le mineur pressait à outrance; les mercure suintait à travers les pores et l'or demeurait à l'intérieur. Le mercure était recueilli et il servait indéfiniment, le déchet étant peu considérable. Pour séparer complètement l'or d'avec le mercure qu'il pouvait encore contenir, on plaçait le résidu dans un creuset chauffé fortement; au contact de la chaleur, le mercure s'évaporait laissant l'or pur au fond du creuset. Ce procédé était vicieux; aussi, plus tard, lorsque la science eut trouvé un moyen plus pratique, il fut abandonné.

C'est à ce dur métier que nous nous livrions tous depuis notre arrivée en Californie ; il nous fallait manier chaque jour le pic, la pioche ou la pelle.

A TRAVERS LE FAR-WEST

NOUVELLE

(Planche X) Laveurs d'or

(11) A TRAVERS LE FAR-WEST

(NOUVELLE)

Les deux orphelins que nous avions délivrés au pied des monts Rocheux étaient toujours avec nous; le petit garçon était trop jeune pour faire un mineur, sa sœur ne pouvait pas non plus se livrer à la recherche de l'or. Ces deux pauvres enfants se demandaient avec effroi ce que l'avenir leur réserverait dans ces contrées lointaines où ils se trouvaient sans parents et sans protecteurs.

Depuis qu'ils étaient avec nous, nous avions pu reconnaitre qu'ils étaient dignes d'intérêt et que la jeune Edmée était une nature d'élite qui se dévouait pour son frère avec une abnégation remarquable. Ses épreuves, sa grâce et sa vertu m'avaient captivé; la vie solitaire que je menais, l'obligation où j'étais de vivre chez des étrangers, tout cela fit qu'un jour je m'armai de courage pour demander à Edmée si elle voulait être ma femme.

Confuse et rougissante, la chère enfant ne sut quoi répondre à ma proposition; malgré son trouble, je lisai dans ses yeux la joie que lui faisait ma demande et je me sentis le plus heureux de la terre lorsque pour réponse elle me donna sa petite main que je pressai dans les miennes. La France avait un consul à Monterey, petite ville située sur l'Océan Pacifique, au sud de San-Francisco; ce fut lui qui nous unit en présence de tous nos amis réunis ce jour-là autour de nous.

Je continuai encore le métier de chercheur d'or, attendant avec impatience le jour où il me serait possible d'ouvrir à San-Francisco un de ces magasins mixtes où l'on vendait de tout, car je m'étais rendu compte que l'or ne suffit pas. Le mineur a besoin de tout ce qui peut assurer son existence, et il y a plus à gagner à lui fournir ce qui lui est nécessaire qu'à aller chercher l'or au fond des placers.

Il m'aurait fallu des capitaux que je ne possédais pas encore malgré mon travail incessant et ma grande économie; tout était fort cher.

Le sucre, la farine, le riz valaient 10 francs le kilogramme; le biscuit de mer, 150 francs le quintal. J'ai vu payer 30 francs une bouteille de vin, l'eau-de-vie 40 francs le litre; tout était à l'avenant.

Il m'arrivait quelquefois de voir autour de moi un heureux mineur qui trouvait une pépite d'une valeur importante; huit jours après, il avait tout dissipé. La chance ne paraissait pas devoir me favoriser; pourtant mes recherches étaient fréquentes et souvent bien entreprises, mais elles n'aboutissaient pas. Me faudrait-il attendre longtemps avant de pouvoir mettre à exécution mon projet de commerce?

Les vivres étant rares, nous avions pour habitude d'aller chacun à notre tour à la chasse pour procurer la viande nécessaire à la nourriture de notre petite colonie.

Ce jour-là, c'était mon tour. Je partis avec Herbert, et vers le milieu du jour nous franchissions les premiers escarpements de la Sierra, lorsqu'à cinquante mètres de nous, j'aperçus un ours gris qui sortait d'un buisson. Notre vue sembla l'exaspérer; il se dressa sur ses pattes de derrière en poussant un formidable grognement Mon jeune compagnon épaula sa carabine, mais d'un geste bref je l'empêchai de tirer. L'ours nous regarda un instant, puis il fit quelques pas; mais bientôt il se dressa de nouveau et toujours menaçant. J'épaulai lentement ma carabine et ma balle alla frapper le monstre; la blessure n'était pas mortelle, mais un second coup vint l'achever

En se débattant, l'animal avait fouillé le sol de ses ongles puissants, mettant à découvert un petit bloc de couleur terreuse dont je m'emparai précipitamment : c'était une pépite.

Mon émotion serait difficile à dépeindre; je me sentais mouillé d'une sueur froide et je dus m'asseoir pour reprendre mes forces; un instant je me crus fou, j'avais le vertige.

A TRAVERS LE FAR-WEST

NOUVELLE

(Planche XI) J'épaulai lentement

(12) A TRAVERS LE FAR-WEST

(NOUVELLE)

Herbert était demeuré auprès de l'ours qui avait roulé à quelques pas plus loin; je l'appelai et avec son aide je dissimulai de mon mieux ma trouvaille en la couvrant avec des herbes et des branches garnies de leurs feuilles

Le lendemain, je revins avec deux de nos amis; le lingot était toujours là où je l'avais laissé. Avec l'aide de mes compagnons, j'achevai de le sortir de son alvéole de terre rougeâtre et, lorsqu'il fut amarré solidement sur mon cheval, je pris la route de San-Francisco où il me tardait d'être rendu pour faire part à ma femme de mon heureuse découverte.

La distance fut rapidement franchie; dans mon impatience, je surmenais mon cheval qui devait être surpris d'un pareil traitement

Je m'arrêtai un instant à la maison avant de me rendre chez les banquiers qui pouvaient m'acheter ma pépite. Il est superflu de vous dire avec quels transports je fus accueilli; ma chère Edmée était heureuse en voyant mon bonheur. « Maintenant, me dit-elle, je ne serais plus inquiète; tu pourras rester auprès de moi et je n'aurai plus à redouter pour toi un malheur ou un accident puisque tu pourras faire sans retourner aux placers où chaque jour la vie des honnêtes gens est en danger. » Mon lingot me fut payé 135,000 francs par la maison Wedon et Toly qui instantanément me compta la somme en or monnayé et en valeurs sur New-York.

Ma fortune part de là; un mois après, j'ouvrais dans Mongommery-Street une boutique où je vendais de tout ce qui est susceptible d'être acheté. Nos anciens compagnons de voyage furent nos premiers clients et peu à peu notre maison devint la plus achalandée de la ville.

Depuis la découverte des mines d'or, San-Francisco progressait avec une grande rapidité. On ne campait plus comme aux premiers jours de la découverte Les tentes disparaissaient, faisant place à des maisons confortables, faites de bois ou de briques. La vie matérielle devenait moins chère, de nombreux restaurants se créaient.

Avant notre arrivée, la population était essentiellement composée d'hommes; pas un parmi ces aventuriers n'avait osé amener sa famille; dans les rues on ne rencontrait ni femmes ni enfants.

Après notre installation, quelques négociants, entraînés par notre exemple, firent venir tous les membres de leur famille et il était à la fois curieux et touchant d'assister à leur débarquement. qui se faisait au milieu des ovations de tous ces hommes qui ne pouvaient songer sans émotion à leur mère, leur épouse ou leur sœur qu'ils avaient dû quitter pour venir sur ces plages lointaines où ils vivaient solitaires avec le souvenir de la patrie et de la famille.

Dans la rue, les femmes, les mères de famille étaient saluées avec respect; malheur à l'imprudent qui aurait gardé son chapeau sur sa tête ou qui aurait fait un geste équivoque; il eut payé cher sa distraction.

Tous comprenaient que sans la femme, San-Francisco n'était qu'un camp d'aventuriers, rien de plus; sa présence, c'est la création du foyer; puis l'école se construit, l'église s'organise et s'édifie, la ville se métamorphose, on sort de la barbarie.

L'homme se lasse vite de cette obligation de ne sortir qu'armé comme un policier; il veut avoir le droit de travailler tranquille sans risquer sa vie pour sauvegarder le fruit de son travail.

Un corps de pompiers fut organisé; les volontaires ne manquaient pas. Un comité de vigilance dont je dus faire partie fut institué pour sauvegarder les intérêts des honnêtes gens et pour veiller sur la sûreté publique.

A TRAVERS LE FAR-WEST

NOUVELLE

(Planche XII) San-Francisco en 1852

(13) A TRAVERS LE FAR-WEST

(NOUVELLE)

Un crime était-il commis, le Comité, soutenu par ses adhérents armés et embrigadés, faisait comparaître le coupable devant lui; aussitôt le jugement prononcé, la sentence était exécutée, le premier arbre venu servait de potence.

Quelques mois après sa formation, le comité de vigilance disposait de forces considérables; on forma des compagnies bien armées, et des détachements durent faire des rondes dans tous les quartiers. L'ordre finit par régner partout, les transactions purent se faire d'une façon régulière et des travaux gigantesques furent entrepris.

Aujourd'hui, San-Francisco a une population qui dépasse 300,000 habitants; la vie matérielle y est abondante et à bon marché: la viande de boucherie, les fruits, les légumes, le pain sont excellents et à très bas prix.

Peu de villes comptent autant de millionnaires; partout s'étale un luxe écrasant; beaucoup d'hôtels somptueux, des résidences princières bordent les avenues. C'est une ville cosmopolite où chacun peut vivre à sa guise. Il y a beaucoup de Français et un grand nombre d'étrangers de tous les pays. Les édifices publics sont nombreux et fort bien construits.

Le port de San-Francisco est relié avec toutes les parties du monde par des lignes de paquebots très bien organisées.

La municipalité a fait construire à Golden-Gate un parc magnifique. Ce n'était autrefois que du sable aride; aujourd'hui on y trouve des fleurs, des pelouses, des massifs, des ombrages. Les allées sont sillonnées par des équipages luxueux; il y a des pièces d'eau et des cascades qui sont alimentées par des sources captées dans les montagnes voisines.

Aux alentours du parc, des villas et des châteaux ont été construits par les riches banquiers et les armateurs de la ville.

J'ai laissé là-bas à mon beau-frère Herbert mon domaine de Lionel-Castle, joli castel construit d'après les plans de mon ami Samuel Joubert, architecte français qui habite San-Francisco.

Figurez-vous un pavillon central flanqué de deux tourelles élégantes auxquelles viennent s'ajouter deux corps de logis aux dimensions plus vastes et plus imposantes; derrière le château, un parc planté d'arbres d'essences diverses s'étend jusqu'à la mer C'est là que pendant les mois les plus chauds de l'année nous vivions loin du bruit de la grande cité, recevant les douces effluves qui nous venaient de l'Océan et la fraîcheur que nous portait la brise de mer.

Conclusion. — Lorsque mon oncle Lionel revint en France, il avait près de cinquante ans; ma tante Edmée, souffrante depuis plusieurs années, voulait revoir le ciel natal; il lui semblait que là sa santé pourrait s'améliorer et elle était heureuse de s'approcher des membres de sa famille.

Hélas, elle est morte depuis quelques années; elle a emporté les regrets de tous les pauvres qui l'entouraient, et ils sont nombreux; pendant bien longtemps, son nom sera prononcé dans les chaumières où les braves gens qu'elle a secourus apprennent à leurs enfants à vénérer la mémoire de la dame de la Graveyrie.

Mon oncle est toujours le robuste vieillard que nous connaissons; sa vie aventureuse a développé sa constitution de fer, tout fait prévoir qu'il sera pour longtemps encore conservé à notre affection.

Il vit souvent seul, avec le souvenir de la femme qu'il a tant aimée, faisant le bien qu'elle pratiquait et recueillant à chaque pas les louanges de ceux qu'ensemble ils ont secouru

(Fin) A. Cook

A TRAVERS LE FAR-WEST

NOUVELLE

(Planche XIII) Lionel-Castle

AU PAYS DES DIAMANTS

NOUVELLE

(1) # AU PAYS DES DIAMANTS

(NOUVELLE)

Quelle chose bizarre que la vie ! A celui qui m'aurait prédit que j'irais voir un jour les Cafres et les Hottentots du Cap de Bonne-Espérance, j'aurai répondu par un sourire et un haussement d'epaules. Pourtant j'en reviens de ce pays de l'ivoire et des diamants; de ce pays qui produit cet excellent vin de Constance dont on se souvient toujours lorsque comme moi on a eu le bonheur d'en boire au pays même de production.

Mon voyage a été plein d'incidents, et maintenant que je suis de retour je ne puis résister à l'envie de confier au papier le récit de mes diverses aventures.

Depuis plusieurs années, j'appartiens comme principal employé à la maison Salvage et Beaugilet, dont les vastes magasins sont situés à Paris, boulevard Saint-Denis, et qui s'occupe spécialement de l'importation des produits du Sud de l'Afrique : ivoire, plumes d'autruches, dépouilles d'hippopotames (cet article, à l'usage de l'art dentaire), etc.

A cet effet, la maison a établi des comptoirs à Cape-Town et à Durban, sur la côte de Natal; ces établissements sont gérés par des employés français et ils reçoivent les marchandises que nous leur expédions, pour les échanger ensuite contre les divers produits qui font l'objet du commerce de la maison.

Par une chaude après-midi du mois de juillet 1873, j'avais laissé pour un instant mes longues colonnes de chiffres pour me plonger dans l'étude d'une carte de l'Afrique Australe éditée tout nouvellement.

Peu à peu, cédant à un engourdissement occasionné par la grande chaleur qui régnait ce jour-là, je m'endormis sur la feuille géographique qui m'avait un instant intéressé.

Combien de temps dura mon sommeil ? il me serait difficile de le dire ; ce que je crois, c'est que pendant ma petite sieste... géographique, je dus rêver Hottentots, Cafres ou Bosjemans, parce que, en me réveillant, je fis à haute voix cette réflexion, qu'il doit faire encore plus chaud là-bas qu'ici.

Cette sortie quelque peu intempestive fut accueillie par un bruyant éclat de rire qui me fit retourner précipitamment; je me trouvai en face de M. Beaugilet qui me dit en riant : « Eh bien, jeune voyageur ! c'est en dormant que vous allez en Afrique ? Que diriez-vous si je vous y envoyais pour le bon motif et parfaitement éveillé ? »

J'étais ahuri; que voulait dire mon patron ? se moquait-il de moi ou bien parlait-il sérieusement ? Je penchais naturellement pour ma première supposition. « Je ne plaisante pas, se hâta de me dire M. Beaugilet qui comprit ma pensée ; nous avons besoin de faire inspecter nos comptoirs, pour cela il nous faut une personne de confiance, aussi ai-je songé à vous; M. Salvage est de mon avis. Je connais votre activité et votre passion pour les lectures géographiques et de découvertes, et comme plus que tout autre, vous êtes apte à remplir cette mission, je n'ai pas voulu la confier à un employé subalterne. »

A une pareille proposition faite à brûle-pourpoint, je ne sus tout d'abord quoi répondre; « vous avez le temps de la réflexion, ajouta M. Beaugilet; il est juste que vous demandiez l'avis de vos parents. Vous êtes jeune et d'une constitution robuste; ce voyage ne devra pas altérer votre santé puisque la contrée que vous allez visiter est la plus salubre de l'Afrique. Je ne parle pas des avantages matériels qui seront la récompense de votre zèle, vous serez largement rétribué et vous donnerez satisfaction à votre goût pour les voyages et les expéditions lointaines. Vous me préviendrez lorsque vous aurez pris une détermination. »

AU PAYS DES DIAMANTS

NOUVELLE

(Planche I) PARIS (Boulevard St-Denis)

(2) AU PAYS DES DIAMANTS

(NOUVELLE)

Je partis joyeux pour consulter mes parents qui ne voulurent point s'opposer à l'accomplissement de la mission qui venait de m'être confiée, et mon départ fut fixé pour le mois suivant.

J'employai les quelques jours qui me restaient avant mon départ, à préparer ce qui me serait nécessaire pour ma longue traversée et mon séjour là-bas.

Il fut décidé que j'irais prendre à Lisbonne le paquebot de la Compagnie Anglaise qui fait le service du Cap; voulant profiter de cette occasion unique pour visiter la capitale portugaise, je partis de Paris dix jours plus tôt que la date fixée, et j'arrivai à Lisbonne le 5 août dans la soirée; j'avais traversé en wagon une partie de la France et toute la Péninsule.

Un de mes bons amis qui va souvent à Lisbonne m'avait recommandé tout spécialement l'hôtel français Marius, situé rua Nova do Almada 11.

A la sortie de la gare, je trouvai un employé de l'hôtel qui me fit monter en voiture, me promettant de s'occuper de mes bagages et de toutes les formalités s'y rapportant. J'étais exténué; aussi, après un repas sommaire je me fis conduire à ma chambre où il me fut possible de me reposer dans un bon lit.

Je trouvai à l'hôtel un grand nombre de compatriotes; tous les voyageurs français s'y donnent rendez-vous, attirés par sa situation magnifique au centre de la ville, non loin du Tage, près de la Poste et des grandes maisons de commerce.

La cuisine est essentiellement française, la tenue de l'établissement est irréprochable et la modicité des prix en rend l'accès facile à tous les voyageurs. Pour 7 fr. par jour, j'avais une chambre confortable, le café après déjeuner, un vin excellent à tous les repas et la faculté de lire chaque jour nos grands journaux français.

Lisbonne, capitale du royaume de Portugal, est située sur la rive droite du Tage, large en cet endroit de 9 kilomètres, et à 28 kilomètres de son embouchure.

Elle est bâtie sur trois collines, dans une contrée romantique, et du côté de la mer elle offre ces vues splendides qui en ont fait la rivale de Naples et de Constantinople.

C'est une cité ouverte, sans murs ni portes: elle est seulement défendue par un vieux château en ruines qui se trouve placé sur la plus haute des collines. Le port est aussi vaste que sûr; quatre forts le protègent.

Beaucoup de rues montent et descendent à cause des inégalités de terrain; les plus belles et les plus fréquentées se trouvent le long du Tage. La partie occidentale, appelée Mézo, celle qui souffrit le plus du tremblement de terre de 1755, est le plus beau quartier, celui où les rues sont les plus droites et les plus régulièrement construites; on y voit de belles maisons et des places magnifiques, tandis que dans la partie orientale de la ville, ce ne sont que des ruelles étroites et tortueuses, avec de vieilles maisons hautes de cinq à six étages.

Parmi les places publiques, on remarque la place du Commerce, ornée de la statue de Joseph Ier et la place Rocio, où avaient lieu autrefois les auto-da-fé et dont le palais de l'Inquisition forme l'un des côtés. De toutes les églises, la plus belle est celle qui est nommée Eglise-Neuve; c'est le plus fastueux des monuments élevés depuis le tremblement de terre; l'église des Patriarches, bâtie sur un point culminant étale à l'intérieur un faste incroyable; l'église Saint-Roch, où se trouve la chapelle bâtie par Jean V, dont les murs sont ornés de mosaïques en pierres précieuses, l'église du Sacré-Cœur, celle de San-Loreto, etc ..

Il ne faut pas oublier, parmi les curiosités de Lisbonne, le grand aqueduc terminé en 1743, d'une longueur totale de 28 kilomètres, et traversant sur 35 arches d'une grande hardiesse, la vallée d'Alcantara. Il faut citer encore les palais royaux de Bemposta et de Necessidades, l'hôpital Saint-Jacques, l'Observatoire, le Musée d'histoire naturelle, l'Académie royale, le Collège royal des nobles, la Bibliothèque royale, l'Ecole de commerce et les nombreux établissements d'instruction et d'utilité publique : Séminaires, Théâtres, Musées, etc.

AU PAYS DES DIAMANTS

NOUVELLE

Un faubourg de Lisbonne

(Planche II)

(3) # AU PAYS DES DIAMANTS

(NOUVELLE)

Les charmants environs de la ville de Lisbonne sont encore embellis par une foule de maisons de campagne et de villas qui appartiennent à la haute société de la capitale. En suivant les quartiers d'Alcantara et de la Jonquéra, on arrive à Belem, charmante petite ville de 7,000 habitants, bâtie à l'embouchure du Tage. J'y ai visité le couvent d'hiéronymites dont les caveaux servent de sépulture aux princes de la famille royale; le tremblement de terre de 1757 l'ayant détruit, ce couvent a été reconstruit dans le style gothique. Le palais royal est fort bien situé, et l'on y jouit d'une vue délicieuse sur la mer. Dans le port, au milieu du fleuve, se dresse l'antique tour de Belem qui aujourd'hui sert de prison d'Etat.

Mettant à profit les quelques jours que j'avais encore à passer à Lisbonne, je fus visiter Cintra, jolie petite ville pittoresquement située sur le versant de la Serra de Cintra et qui possède un vieux château-fort et des fontaines magnifiques. Non loin de là, à Peña, s'élève la statue de Vasco de Gama, fièrement placée sur un piédestal de rochers naturels transportés à dos de mulets au sommet d'un pic.

Enfin le *Weldon* est en rade depuis deux jours, et mes bagages sont à bord depuis une heure; je vais donc me rendre au steamer pour prendre possession de ma cabine et mettre un peu d'ordre dans mes malles et mes valises.

Je venais d'achever les préliminaires de mon installation et je me disposais à franchir la passerelle pour revenir à l'hôtel où je devais passer une dernière soirée, lorsqu'il me fallut attendre un instant pour laisser passer une jeune personne qu'accompagnait un vieux monsieur; tous deux venaient de s'engager sur le pont volant qui reliait le navire à la terre.

Imprudemment, et sans songer au danger qu'elle pouvait courir, la jeune dame avançait en causant avec son compagnon ce qui l'obligeait à détourner la tête dans un moment où elle aurait dû porter toute son attention sur l'étroite passerelle qui la portait.

Elle allait enfin mettre le pied sur le navire, lorsqu'un fort mouvement de roulis qui vint à se produire lui fit perdre l'équilibre et lâcher le léger garde-fou sur lequel elle s'appuyait; elle tomba dans le fleuve avant que son compagnon ait pu lui porter secours.

Un cri d'angoisse s'échappa de toutes les poitrines. Je suis excellent nageur; aussi, ne songeant pas au danger que je pouvais courir, je me précipitai dans le fleuve à la suite de la malheureuse qui venait d'y tomber, sans prendre le temps de quitter le moindre vêtement et avant qu'aucun des assistants se soit décidé à en faire autant.

Mon plongeon ayant suivi de près la chûte de la personne que je voulais sauver, j'arrivai à temps pour l'empêcher de passer sous le navire, circonstance qui aurait rendu le sauvetage difficile et surtout dangereux.

Lorsqu'il me fut possible de la saisir, la pauvre dame avait perdu connaissance, je préférais cela; en effet je n'avais pas à redouter les mouvements désordonnés qui accompagnent toujours la submersion des personnes qui ne savent pas nager; aussi me fut-il facile de la maintenir hors de l'eau jusqu'à l'arrivée du bateau qui venait à mon aide.

Le médecin du bord était là; il donna ses soins à la victime de ce petit accident, et lorsque je sortis de ma cabine où j'étais allé changer de vêtements, j'eus le plaisir d'apprendre qu'elle était hors de danger.

AU PAYS DES DIAMANTS

NOUVELLE

Planche III

La tour de Belem

(4) AU PAYS DES DIAMANTS

(NOUVELLE)

Sans attendre davantage, je quittai le navire après avoir reçu les félicitations du capitaine et de ses officiers ainsi que celles des quelques passagers qui avaient été témoins de l'évènement.

Le dernier repas que je pris à l'hôtel français fut gai et largement arrosé par un certain vin de Porto qui fait la réputation de l'établissement et dont je n'oublierai jamais le moelleux et le velouté; plusieurs compatriotes de passage à Lisbonne, avaient voulu me faire leurs adieux et fêter mon départ pour le sud de l'Afrique.

Nous avons quitté le port ce matin (15 août), à sept heures; maintenant le Cap Espichel est doublé, et nous voguons en plein Océan.

Vous devinez facilement qu'à l'heure du déjeuner, mon apparition au salon fut accueillie par une avalanche de félicitations prononcées en diverses langues plus ou moins compréhensibles pour mes oreilles françaises. Mais ce qui me toucha plus que tous ces compliments marqués d'un certain cachet d'indifférence, ce furent les remerciements que vint me faire, d'une voix émue, la jeune personne à laquelle j'avais porté secours dans ce petit drame de la mer.

Le monsieur qui l'accompagnait était son père : « Permettez-moi de vous serrer la main, me dit-il, et croyez que je suis heureux d'apprendre que le sauveur de ma fille est un Français; vous pouvez compter sur ma reconnaissance, vous aurez en moi un ami sincère qui saura vous prouver qu'il n'est pas ingrat. »

Tous ces compliments, toutes ces félicitations me faisaient certainement plaisir, mais ils me gênaient beaucoup; on n'aime pas à être le point de mire de tous les regards, fut-on comme moi le sauveur d'une belle jeune fille. Je vous avoue que j'étais embarrassé de ma personne, heureusement que Mlle Jeanne de Charlet (c'était son nom), vint à mon aide le plus gracieusement du monde en me priant de lui offrir mon bras pour nous rendre à table.

La glace était rompue; pendant tout le repas, la conversation roula sur l'accident de la veille qui, grâce à moi, n'avait pas eu de suites fâcheuses, puis on oublia cela; mais il me restait l'amitié du père et la reconnaissance de la jeune fille.

J'avais maintenant deux amis dont l'intimité me ferait trouver plus courte la longue traversée que je venais de commencer. M. de Charlet se rendait avec sa fille sur la côte de Natal où il avait une habitation qu'il voulait vendre pour revenir en France, habiter Bergerac, sa ville natale; il avait trouvé acquéreur, c'était un habitant de l'île Maurice qui devait venir au mois d'octobre à la villa des Mimosas, pour visiter la plantation et terminer l'affaire s'il y avait lieu.

Grande et mince, comptant à peine dix-huit années, Mlle Jeanne de Charlet a de superbes cheveux blonds ombrageant de leur mille boucles soyeuses un front haut qui dénote l'intelligence; son visage offre des traits fins, légèrement accentués, et dont l'expression est adoucie par le regard doux et rêveur de deux yeux noirs et profonds bordés de cils foncés, comme le sont les sourcils.

Elle a été élevée en France, dans un des meilleurs couvents de la capitale aussi son instruction est-elle des plus sérieuses; musicienne de talent, peintre habile, elle sait captiver par sa grâce et sa bonté les personnes qui, vivant dans son milieu, ont le bonheur de l'approcher.

AU PAYS DES DIAMANTS

NOUVELLE

(Planche IV — Nous voguions en plein Océan

(5) AU PAYS DES DIAMANTS

(NOUVELLE)

Le groupe des îles Madère fût dépassé et comme le *Weldon* ne devait pas s'y arrêter, la route fut continuée jusqu'aux Canaries distantes seulement de 90 lieues de la petite colonie portugaise.

Le pic de Ténériffe nous apparut d'abord sous la forme d'un triangle blanc se confondant facilement avec les nuages qui dérobent à la vue sa base et ses flancs; puis peu à peu nous le vîmes grandir à mesure que nous approchions de l'archipel qu'il domine. Le 22 août, nous étions mouillés à Santa-Cruz, capitale du groupe espagnol, et comme le *Weldon* devait rester en rade un peu plus de 24 heures, je décidai mes amis à faire avec moi une excursion au pic fameux que nous avions en face de nous.

Nos guides, au nombre de trois, avaient amené les montures qui nous étaient nécessaires, et à quatre heures du matin, notre petite cavalcade sortit de la ville par un sentier dur et pierreux; je marchais en tête avec Mlle Jeanne, son père suivait quelques pas en arrière.

La nuit était claire, les étoiles scintillaient dans un ciel bleu sans nuage et le disque argenté de la lune qui éclairait nos pas, semblait un riche plat d'argent qu'un insoucieux nabab aurait jeté, puis abandonné dans l'immensité des cieux.

Bientôt les premières lueurs de l'aube vinrent faire briller d'un plus vif éclat les roches blanchâtres qui s'offraient à nos regards, puis montant toujours, nous dépassâmes la région des nuages et la halte du déjeuner fut ordonnée par le chef de nos guides : il était huit heures du matin.

Après un court repas d'une demi-heure, l'ascension fut reprise; quelques instants après la végétation disparut, et à dix heures nous avions dépassé l'Estancia des Anglais qui est à 2890 mètres d'altitude.

A partir de ce point, l'ascension devient périlleuse; on avance lentement en suivant un sentier fait de laves et de pierres qui roulent sous les pieds des mules; nos pauvres bêtes devaient s'arrêter souvent pour reprendre haleine.

Nous ne pouvions songer à atteindre le sommet du pic, le temps nous aurait manqué; il fallait redescendre avant la nuit, le *Weldon* devant lever l'ancre vers quatre heures du matin. Si l'ascension est pénible, la descente l'est aussi et il faut ajouter qu'elle est bien plus dangereuse; au retour il faut prendre mille précautions et malgré cela les montures font des glissades et des chutes fréquentes.

Après bien des péripéties et des ennuis, nous arrivâmes au navire exténués et les membres endoloris. Je dormais d'un sommeil de plomb, lorsqu'un garçon de cabine vint m'avertir qu'il était l'heure de déjeuner; mes deux compagnons avaient, eux aussi, dormi la grasse matinée et malgré ce long repos la fatigue se lisait sur notre visage. Maintenant, pendant que le navire continue sa marche en avant, je puis bien jeter un dernier regard sur ces îles Canaries, véritable jardin perdu au milieu de l'Océan, et que nos nos pères appelaient îles Fortunées.

Le groupe est composé de dix îles dont sept sont habitées, ce sont :

Ténériffe, la plus importante, avec 90,000 habitants; la capitale est Santa-Cruz; son port qui est excellent sert de refuge et de point de relâche aux navires qui fréquentent ces parages.

Il y a encore une autre ville importante, Christoval de Laguna, siège d'un évêché et d'un chapitre, ainsi que d'un tribunal de commerce.

La Grande-Canarie, qui est la plus fertile du groupe a pour chef-lieu Palma; sa population est de 55,000 habitants.

Puis viennent Fuerta Ventura, Gonora, Lanzarote, Palma, Ferra.

Toutes ces îles sont de nature volcanique; elles présentent un caractère uniforme et offrent généralement cinq zones parfaitement distinctes.

1° La zone des produits africains qui va jusqu'à 400 mètres et qui est caractérisée par les palmiers à dattes, l'arbre à sang de dragon, la canne à sucre, etc.

2° La zone des produits européens, qui va jusqu'à 865 mètres.

3° La zone des forêts toujours vertes, qui se continue jusqu'à 1365 mètres.

4° Au-dessus des nuages, la zone des pins sauvages qui est couverte de neige pendant plusieurs mois de l'année (1666 mètres).

5° Enfin la zone stérile où on ne rencontre que quelques genévriers et des arbustes rabougris.

AU PAYS DES DIAMANTS

NOUVELLE

(Planche V) Santa-Cruz et le pic de Ténériffe

(6) AU PAYS DES DIAMANTS

(NOUVELLE)

Dans ces contrées, sous cette latitude, l'atmosphère est d'une grande transparence, aussi, du haut de ces montagnes, aperçoit-on la côte d'Afrique avec ses épaisses forêts et la mer sur une bien grande étendue.

Les îles Canaries produisent un vin rude et sec qui en vieillissant s'adoucit au point de ressembler au vin de Madère avec lequel il est souvent confondu ; c'est l'île de Palma qui produit la meilleure qualité.

Les îles du Cap-Vert ont été dépassées le 28 août ; elles étaient en vue vers dix heures du soir et comme nous en étions peu éloignés, il nous fut facile de distinguer les feux de la ville de Villa-da-Praya, capitale de l'archipel, bâtie dans l'île Santiago.

Nous voguons maintenant en plein Océan, le cap sur l'île de Sainte-Hélène où nous arrivons le 9 septembre, après avoir laissé sur notre droite l'île de l'Ascension où le *Weldon* ne devait pas s'arrêter.

L'île de Sainte-Hélène se compose de roches balsamiques formant çà et là des vallées qui se dirigent dans toutes les directions ; elle offre de loin l'aspect d'un rocher noir, brûlé et déchiré par des convulsions volcaniques et sa célébrité vient de ce qu'elle a servi de lieu d'exil à Napoléon Ier dont les restes y sont demeurés jusqu'en 1840. La superficie de l'île est d'environ 25 kilomètres carrés et sa population peut être évaluée à 7,500 habitants, dont 500 blancs ; le reste se compose d'hommes de couleur. Le climat est sain et tempéré, surtout sur les hauteurs et, chose singulière à noter, le sol est fertile seulement sur les plateaux élevés.

Le chef-lieu, Saint-Jamestown, est le seul point de l'île où il soit permis aux navires d'attérir ; près de là, se trouve le tombeau, vide maintenant, de Napoléon Ier. Un fort et des batteries font de ce point un nouveau Gibraltar.

La ferme de Longwood, autrefois résidence du grand exilé, n'est plus aujourd'hui qu'une simple exploitation agricole, elle a repris sa destination première.

Après huit heures passées à Sainte-Hélène, le steamer a repris sa marche ; notre voyage s'accomplissait dans des circonstances favorables, la ligne de l'Équateur avait été franchie depuis longtemps, avant notre arrivée à Sainte-Hélène, et ce fameux passage avait été l'occasion d'une petite fête où le champagne et le whisky avaient joué un grand rôle. La chaleur était excessive, aussi demeurions-nous tout le jour au salon, occupés à faire de la musique, à lire et à causer ; il nous arrivait aussi quelquefois de faire la sieste, c'est chose permise sous les tropiques !

La société de mes nouveaux amis m'était bien précieuse, la jeune fille aimait à causer de la France qu'elle avait quittée à regret et je trouvais un grand charme à vivre auprès d'elle. Souvent le soir, à l'heure où la brise fraichit, nous montions sur le pont et là, accoudés sur la lisse, nous jouissions de la fraîcheur de la nuit, les yeux perdus dans l'immensité de ce vaste Océan dont la majesté grandiose fascine et fait rêver. Les eaux étaient tranquilles comme doivent l'être celles d'un lac ; un silence plus éloquent que toutes les paroles que nous aurions pu prononcer régnait entre nous, nos lèvres n'osant pas dire les impressions de nos cœurs. Je me sentais heureux auprès de cette belle jeune fille qu'une circonstance imprévue m'avait fait rencontrer.

Ce soir-là, il pouvait être huit heures ; la nuit était splendide, les étoiles brillaient dans un ciel pur et au loin resplendissait la Croix du Sud. Nous causions ; je lui disais : « que bientôt nous serions au port et qu'il faudrait nous quitter pour toujours. Vous rencontrerez un jeune homme digne de vous dont la fortune égalera la vôtre ; mes vœux vous accompagneront et vous trouverez certainement le bonheur que vous méritez. Ce n'est pas sans tristesse, ma chère Jeanne, que je songe à la séparation prochaine ; je me suis habitué à vivre près de vous et un grand vide se fera en moi lorsque je vous aurai dit adieu. Chacun de nous suivra sa voie et je comprends qu'il me faudra vivre solitaire avec votre souvenir. »

En m'écoutant, ses yeux s'étaient remplis de larmes et c'est avec émotion qu'elle me répondit en me serrant la main : « Méchant ! croyez-vous que j'oublierai jamais que je vous dois la vie ? Je me souviendrai toujours des doux instants que nous passons ensemble ; mon cœur a répondu au votre, et aujourd'hui, en présence de cette nature sublime et sous le regard de Dieu, je suis heureuse de vous avouer que moi aussi je vous aime et que je vous consacrerai ma vie que vous avez sauvée. Parlez à mon père, je sais qu'il voit avec plaisir notre affection mutuelle et que mon bonheur est son désir le plus cher.

AU PAYS DES DIAMANTS

NOUVELLE

(Planche VI. Sainte-Hélène (le tombeau de Napoléon Ier)

(7) AU PAYS DES DIAMANTS

(NOUVELLE)

La soirée entière se passa ainsi, dans un entretien confiant et j'aurais voulu que cette nuit et ce grand calme fussent éternels, tant mon bonheur était grand.

J'étais heureux, l'avenir s'ouvrait devant moi radieux, il ne me restait plus qu'à parler à M. de Charlet, ce que je fis le lendemain avec une émotion facile à comprendre. Ma demande fut accueillie, et c'est avec un bienveillant sourire qu'il me conduisit auprès de sa fille pour lui annoncer que si elle y consentait notre mariage se ferait dès que nous serions revenus en France.

Le voyage se continuait sans incidents, nous avions franchi le tropique du Capricorne et tout faisait prévoir un achèvement heureux de notre longue traversée, lorsqu'un soir, un peu avant le coucher du soleil, la chaleur devint intolérable; pas un souffle d'air ne rafraîchissait nos fronts brûlants et les flammes du navire tombaient inertes le long des mâts qui les supportaient. Au couchant, le soleil disparaissait lentement au milieu de vapeurs rouges qui donnaient à l'horizon une teinte lugubre à laquelle venaient s'ajouter des nuages sombres et crevassés; l'effet produit était sinistre. Quelle différence avec nos nuits étoilées des jours précédents, où les étoiles auraient pu être comparées à des fleurs de feu aux nuances variées et radiées comme celles de la terre; fleurs semées sur le champ bleu du ciel et quelquefois mourantes aussi comme nos fleurs terrestres.

Maintenant on entendait des grondements sourds qui venant du fond des abîmes se mêlaient aux cris aigus des oiseaux de mer rasant les flots dans un vol rapide comme l'éclair. La mer avait de grosses rides, puis à mesure que les ombres de la nuit s'étendaient sur l'Océan, de gros nuages noirs roulaient au ciel et le vent se mit à souffler violent et menaçant.

Enfin de larges gouttes de pluies tombèrent sur le pont, produisant un bruissement sourd parmi les cordages et les vergues; des éclairs sillonnèrent la nue et bientôt le grondement de la foudre vint jeter sa gamme lugubre dans ce grand concert précurseur de la tempête dont l'épouvantable harmonie semble la voix de l'univers en détresse et fait douter de l'avenir.

L'équipage manœuvrait avec sang-froid, ayant confiance dans son capitaine, marin expérimenté, qu'aucun danger ne pouvait émouvoir. Le navire fuyait devant la tempête avec une vitesse vertigineuse cherchant à se tenir loin de la côte dont l'approche aurait été pour nous pleine de dangers.

Cette tempête dura près de dix heures, puis enfin la violence du vent se ralentit et à l'aube naissante il nous fut donné de voir la mer se calmer peu à peu.

La traversée s'acheva sans ennuis nouveaux, et le 18 septembre nous arrivions en rade du Cap avec un peu de retard occasionné par la tempête que nous venions d'essuyer.

Je n'étais pas attendu par le chef du comptoir que nous avions au Cap; aussi, sans me rendre chez lui je fis porter mes bagages au Grand-Hôtel de France et de Hollande où M. de Charlet est avantageusement connu et où il descend chaque fois qu'il vient à Cap-Town.

Il était dix heures du soir lorsque la voiture que nous avions prise en commun nous déposa devant le perron de l'hôtel, et après un dîner confortable, servi à la française, il nous fut possible de prendre du repos dans un bon lit et sans ressentir le balancement continuel d'un navire en pleine mer.

Le lendemain je me rendis à la première heure au comptoir où je me fis reconnaître au chef comme envoyé en inspection par la maison de Paris. J'apportais des nouvelles de France, je fus le bien reçu, une chambre me fut préparée chez M. Larrivière, le chef du comptoir, qui mit sa maison à ma disposition.

Le lendemain je dus dire adieu à M. de Charlet et à sa fille, ils reprenaient le *Weldon* qui devait les conduire à Durban, dans le Natal; rendez-vous fut pris pour les premiers jours de novembre et je souhaitais bon voyage à mes amis.

AU PAYS DES DIAMANTS

NOUVELLE

(Planche VII)

La mer avait de grosses rides

(8) AU PAYS DES DIAMANTS

(NOUVELLE)

La ville de Cape-Town, chef-lieu de la Colonie anglaise du Cap de Bonne-Espérance, fut fondée en 1650 par les Hollandais, sur le rivage de la baie du même nom, au pied de la montagne de la Table. Les maisons sont élégamment construites : elles ont presque toutes des toitures à l'italienne et de larges croisées qui laissent entrer à profusion le jour et l'air. Les rues sont régulières, se coupant à angles droits et généralement non pavées ; il en résulte une poussière intolérable pendant les mois d'été qui, sous cette latitude, commence en septembre.

Le château-fort, situé à l'entrée de la baie, domine la ville tout entière : c'est un édifice de forme pentagonale d'un force remarquable. Il renferme la plupart des bureaux administratifs et sert également de caserne.

La ville renferme un grand nombre d'églises et plusieurs édifices publics remarquables parmi lesquels il est bon de citer l'Observatoire, la Bibliothèque publique et aussi la Bourse, monument aux proportions grandioses.

Le commerce y est considérable et toujours florissant; les principaux articles d'exportation sont la laine, le vin, le froment, les cuirs, l'ivoire, les plumes d'autruches, et aussi depuis quelques années les diamants.

Le ralentissement que nous avions constaté dans nos transactions venait surtout, me dit M. Larrivière, de ce que les mines de diamants du pays des Griquas attiraient les chasseurs et les indigènes qui autrefois se livraient à la chasse des animaux dont nous exploitions les dépouilles.

Les histoires merveilleuses qui avaient circulé dans la colonie étaient la principale cause de l'abandon des fermes, des magasins et des territoires de chasse.

Il fut décidé que nous irions aux champs de diamants pour de là nous diriger à Durban où je visiterais le deuxième comptoir et où je retrouverais la famille de Charlet qui m'avait donné rendez-vous à son habitation.

J'employais à visiter la ville et ses environs les quelques jours qu'il fallut à M. Larrivière pour organiser notre voyage : recruter les guides et préparer les vivres et les munitions qui nous étaient nécessaires.

La principale rue, celle où se trouve notre comptoir et les principaux hôtels de la ville, est la rue Adderley, large voie qui traverse presque toute la cité : j'ai visité le Jardin botanique qui est très beau et bien entretenu, le Musée, la Chambre de commerce, la Cale de halage qui sert à hisser et à réparer les navires, etc. Et lorsqu'il m'a fallu quitter cette métropole du Sud de l'Afrique, dont la population est de 40,000 habitants, j'ai emporté d'elle et de l'accueil que j'y ai reçu la meilleure impression.

A 12 kilomètres de la ville se trouve le petit village de Constance, célèbre par la qualité de ses vins de liqueur qui proviennent de vignes dont les plants primitifs furent tirés par les colons hollandais des vignobles de la Bourgogne et du Rhin.

Le vin de Constance est fin, sucré, spiritueux, très aromatique ; c'est, avec le Tokay, le meilleur de tous les vins de liqueur ; il y en a du rouge et du blanc, mais c'est ce dernier qui est le plus doux ; le rouge a une couleur foncée, beaucoup de bouquet et une grande richesse alcoolique.

La renommée du vin de Constance date de fort longtemps ; aujourd'hui les deux principaux crus sont récoltés dans les vignobles qui sont la propriété de M. H. Cloete et de M. Sébastien Vanrenen. J'ai visité avec beaucoup d'intérêt ces deux magnifiques exploitations qui font l'admiration de tous les visiteurs. Aujourd'hui, hélas, le phylloxéra, ce terrible fléau destructeur de la vigne a fait son apparition dans la Colonie du Cap ; il est à craindre que là-bas comme en Europe tout disparaîtra devant l'insecte envahisseur.

AU PAYS DES DIAMANTS

NOUVELLE

(Planche VIII) Entrée du port de Cape-Town

(9)

AU PAYS DES DIAMANTS

(NOUVELLE)

L'heure du départ a sonné; outre M. Larrivière et moi, notre petite troupe se compose de huit indigènes dont quelques-uns ont fait plusieurs fois le voyage que nous allons entreprendre.

Les chercheurs de diamants se rendent ordinairement aux mines du Griqualand-Ouest en prenant place dans le véhicule lourd et incommode qui une fois la semaine fait le trajet de Wellington, point extrême de la voie ferrée qui part du Cap, aux pays diamantifères. Ce chariot, sorte de wagon roulant est traîné par des mules; les bagages viennent ensuite, entassés dans d'autres chariots plus lourds auxquels sont attelées plusieurs paires de bœufs. Ainsi entrepris, le voyage est long et pénible; on trouve difficilement les vivres dont on a besoin et il faut souvent dormir en plein air par des temps de pluies diluviennes.

M. Larrivière connaît tous ces inconvénients; en conséquence il a décidé que nous ferions notre voyage en caravane, montés sur d'excellents chevaux et suivis par deux chariots légers traînés par des mules; là nous aurions nos provisions, nos tentes, en un mot tous nos ustensiles de campement, ce qui chaque soir nous permettrait de nous installer commodément sans avoir besoin de solliciter une hospitalité souvent refusée par les Boërs, fermiers d'origine hollandaise qui sont établis dans le pays.

Le premier jour, après avoir dépassé Wellington, nous avons gravi le magnifique défilé de Bain, route hardie creusée dans le roc et qui a dû coûter bien des années de travail. Puis successivement, et à de rares intervalles, nous avons rencontré quelques bourgades qui là-bas portent pompeusement le nom de ville Cérès, où nous avons trouvé bonne table et bon gîte : Beaufort, Victoria-Ouest, etc.

Maintenant, nous allons marcher longtemps dans le steppe, où nous rencontrerons quelques fermes isolées et presque toujours un désert sans végétation et sans eau.

Dans ces plaines immenses, où croît une herbe courte et souvent brûlée par l'ardent soleil d'Afrique, on rencontre quelquefois des troupeaux allant sous la conduite de bergers Hottentots, à la recherche d'un nouveau pâturage. L'eau fait défaut : depuis plusieurs jours la provision est épuisée; aussi faut-il les voir, lorsque rencontrant une source, tous veulent se précipiter à la fois pour plonger avidement leur tête dans cette eau bienfaisante. Les animaux se bousculent et c'est avec peine que les conducteurs arrivent à rétablir le calme dans le troupeau et à faire avancer par groupes les pauvres bêtes altérées.

Nous avons fait halte dans une ferme dont le propriétaire se livre exclusivement à l'élevage de l'Autruche; c'est un de nos fournisseurs les plus importants et les plumes qu'il nous livre sont estimées par dessus toutes les autres.

La basse-cour de notre hôte compte plus de 200 autruches qui toutes servent à fournir des plumes, chaque animal donne près de 140 plumes; cent sont prises à la queue, et quarante viennent des ailes. A cette industrie on s'enrichit rapidement et notre maison du Cap en achète chaque année pour près d'un million de francs Dans un enclos spécial, sont parqués les reproducteurs, un mâle pour deux femelles. On fait couver les œufs artificiellement à l'aide d'incubateurs spéciaux, ce qui permet d'avoir un plus grand nombre de petits.

Les jeunes sont d'abord nourris avec une pâtée faite de gazon très tendre; la nuit on les rentre pour qu'ils soient bien au chaud et au bout d'un mois ils sont parqués dans un enclos où on leur sert une nourriture plus nutritive et plus abondante.

L'autruche appartient à l'ordre des échassiers; ses ailes qui sont revêtues de plumes flexibles ne peuvent lui servir à voler, mais elles sont propres à accélérer sa course. Elle a la tête petite, chauve et calleuse à sa partie supérieure; le bec droit et court est déprimé; les yeux sont grands et vifs; le cou est mince, très long et recouvert de poils peu abondants; les jambes sont vigoureusement recouvertes d'une peau épaisse et ridée; tout le corps, sauf les cuisses et le dessous des ailes qui sont nus, est recouvert de plumes ayant l'aspect de poils soyeux. Lorsque l'autruche est jeune, sa chair est bonne à manger, elle est susceptible de domestication et à l'état adulte les nègres l'emploient comme bête de somme.

(Planche IX) Tous veulent se précipiter à la fois

(10) AU PAYS DES DIAMANTS

(NOUVELLE)

Nous sommes à Hopetown; après une nuit passée dans un lit passable, nous reprenons notre voyage et à six heures du matin nous franchissons le fleuve Orange, cours d'eau important qui sert de frontière à la colonie du Cap et à l'État libre d'Orange.

Nous avons enfin quitté le sol aride du désert; le pays a changé d'aspect; partout des plaines gazonnées, des bois de mimosas en fleurs, des gommiers et des siringas géants. Des gazelles fuient à notre approche, évitant par des bonds rapides les javelines de nos Hottentots qui cherchent à les surprendre en se glissant parmi les buissons et les grands arbres où le ramage des oiseaux vient se mêler au bruissement des feuilles.

La petite ville de Pniel où nous arrivons le lendemain soir est encore à l'état d'embryon; c'est pour l'instant une agglomération de tentes, de constructions en planches et de maisonnettes en fer importées d'Amérique et d'Angleterre; on se croirait au milieu d'un immense champ de foire où circulent des individus appartenant aux nationalités les plus diverses. Le Vaal, affluent du fleuve Orange, coule à quelques pas des dernières huttes.

C'est le pays des diamants, mais comme le but de notre voyage est la mine de New-Rush, nous ne nous attardons pas à Pniel où il est difficile de trouver un gite.

Pendant que nous continuons notre route, je m'informe des circonstances qui ont amené la découverte des terrains diamantifères ;

En 1867, deux colporteurs et un chasseur d'autruches firent halte dans une ferme située sur les rives du fleuve Orange, non loin de Hope-Town. Devant la porte, des enfants s'amusaient avec des cailloux parmi lesquels l'un des colporteurs, O'Reilly, en remarqua un qui était brillant et translucide. L'idée lui vint que ce pouvait être autre chose qu'un simple fragment de silex; il le demanda au fermier qui s'empressa de le lui donner en riant.

Notre colporteur, pénétré de son idée, fit examiner sa trouvaille par deux savants qui en ce moment vivaient à Grahamstown et ceux-ci déclarèrent qu'ils étaient en présence d'un diamant de plus de 20 carats.

Le colporteur retourna chez le Boër où il eût la chance de découvrir deux autres diamants qu'il s'empressa de demander sans toutefois en faire connaître la valeur au fermier, puis il vendit le tout au gouverneur du Cap, sir Philipp Woodhouse.

La nouvelle se répandit avec rapidité dans toute la colonie et bientôt après, les territoires que baignent l'Orange et le Vaal furent envahis par des chercheurs désireux de trouver la fortune dans ces contrées peu connues.

Les territoires de diamants firent longtemps partie de l'état libre d'Orange, mais aujourd'hui ils sont devenus partie intégrante de l'empire britannique, à la suite d'une annexion inique faite au détriment du droit des gens et malgré les protestations du gouvernement de la petite république africaine.

New-Rush, autrefois un désert, est maintenant une cité bruyante où à chaque pas on voit flamboyer les enseignes les plus diverses; tout autour de la ville, et dans toutes les directions sont creusés les puits d'où l'on extrait le gravier qui contient les diamants (lorsqu'il y en a).

Le travail est pénible, aussi beaucoup de mineurs ou diggers emploient des indigènes, Cafre-Zoulous, Basoutos, Betchouanas, Hottentots; parmi tous ces travailleurs, les Cafres sont les plus robustes et les mieux constitués; ce sont des hommes magnifiques, bâtis en hercules et durs à la fatigue.

Les diggings de New-Rush sont des diggings secs; l'eau est rare, aussi les porteurs d'eau font-ils payer fort cher le contenu d'un petit seau qui ne contient souvent qu'une eau bourbeuse et nauséabonde

Une poussière aveuglante règne continuellement dans ces lieux où la terre est remuée tout le jour à la pelle par des milliers de travailleurs; rien ne peut vous en préserver, ni voiles, ni lunettes: de là naissent de fréquentes maladies des yeux et des voies respiratoires.

Ne nous sentant pas bien dans cette ville poussiéreuse, nous prîmes le parti d'aller passer quelques jours à Klipdrift, dans la région des diggings fluviaux, sur les rives du Vaal; là, nous prendrions un peu de repos avant de continuer notre voyage.

AU PAYS DES DIAMANTS

NOUVELLE

(Planche X) Des Gazelles fuient à notre approche

(11) AU PAYS DES DIAMANTS

(NOUVELLE)

Quel changement ! plus de poussière, plus de chaleur accablante; nous avons de l'eau, de la verdure, des arbres, des chants d'oiseaux. Nous aimions à nous rendre au bord de la rivière, pour respirer les senteurs humides et parfumées qui nous venaient des prairies voisines où paissaient des troupeaux nombreux de bœufs et de moutons.

A quelques milles de Klipdrift, en remontant le cours du Vaal, se trouve la ferme d'un Boer grand chasseur d'hippopotames, et l'un de nos meilleurs fournisseurs; ce fermier nommé Jacob Van-Beer, vint un jour me prier d'assister à une chasse qu'il voulait organiser en mon honneur.

Donc un matin, nous partions avec lui, suivis de plusieurs Hottentots, bons tireurs ; toute la journée se passa sans qu'il nous fut possible d'apercevoir le museau d'un seul hippopotame, mais à cela il n'y a rien d'étonnant, car d'après ce que me dit notre hôte, c'est la nuit qui est le moment le plus propice pour cette sorte de chasse.

Après avoir installé notre campement et préparé le repas du soir, nous primes nos dispositions pour aller à l'affût dans un bas-fond marécageux qui se trouvait à une demi-heure de marche. Nous allions avec prudence, notre hôte tenait la tête de la colonne pour nous guider et nous indiquer les sentiers que nous devions suivre.

Notre attente ne fut pas déçue, nous venions d'atteindre le but de notre excursion et nous pouvions voir, se vautrant dans la terre humide, une troupe de quatre hippopotames entourés d'une bande de hérons et autres oiseaux aquatiques.

Ces animaux ont la peau d'une dureté excessive; pour les tuer, il faut les toucher au ventre ou entre les cuisses; sur toute autre partie du corps, la balle s'aplatit sans entamer l'épiderme.

Les animaux que nous avions devant nous étaient sans inquiétude; il fallait profiter de cette circonstance pour nous approcher d'eux le plus possible et tirer à coup sûr. Le Boër qui nous guidait marchait en avant, prêt à faire feu lorsqu'il serait à portée de fusil du groupe des hippopotames.

Saisissant le moment où l'un des monstres se vautrait sur le côté droit, nous présentant ainsi la partie vulnérable de son corps, M. Van-Beer fit feu des deux coups de sa carabine, avec une justesse qui vint à l'appui de cette réputation de bon tireur que les Boërs possèdent dans le monde entier.

L'hippopotame avait été touché au cœur, il resta sur le sol sans faire un mouvement. Les autres se précipitèrent dans le fleuve, essuyant les coups de feu de toute la troupe, et soit effet du hasard, soit habileté de l'un de nous, le plus gros des fuyards fut touché à l'œil, ce qui retarda sa fuite et nous permit de l'achever.

L'hippopotame est un animal fort curieux, on en a vu qui pèsent plus de deux mille kilogrammes; la tête est énorme, fendue jusqu'aux épaules, les yeux sont à peine visibles. Le corps charnu et arrondi est porté par des jambes courtes et massives, son ensemble est effrayant.

La vie des hippopotames se partage entre les eaux et la terre ferme, mais c'est l'eau qui est leur vrai milieu; s'ils sont à terre, ils balayent l'herbe de leur ventre volumineux. Leur rencontre n'est pas sans danger, quelquefois ils chargent à fond de train le chasseur qui vient de les attaquer, et si la poursuite se fait sur l'eau ils savent plonger pour faire chavirer l'embarcation. Leurs machoires sont armées de dents puissantes; la dureté et la blancheur des canines les font employer de préférence à toute autre matière pour la confection des dents artificielles.

Notre chasse était terminée, nous revînmes au camp, laissant les Hottentots sur notre terrain de chasse pour qu'ils puissent à leur aise dépecer les hippopotames et porter à l'habitation les meilleurs morceaux. Dans le Sud de l'Afrique, on estime beaucoup la chair de ces animaux dont le lard est moins indigeste que celui du cochon.

AU PAYS DES DIAMANTS

NOUVELLE

(Planche XI) Nous pouvions voir une troupe de quatre hippopotames

(12) AU PAYS DES DIAMANTS

(NOUVELLE)

Mais revenons à nos mines de diamants: à quelques lieues de Klipdrift, se trouvent les diggings secs de Dutoïtspan qui sont les plus renommés de la contrée ; je ne voulais pas partir sans avoir visité ce territoire où les travaux ne sont pas menés de la même façon qu'à Klipdrift qui est un kobge ou mine fluviale.

Chaque lot de terre à diamants porte le nom de *Claim*; chaque claim embrasse un espace de trente pieds carrés que l'exploitant creuse chaque jour pour chercher dans les débris qu'il ramène à la surface les bienheureuses pierres qui doivent l'enrichir. Ces débris ou graviers sont montés dans des seaux en toile ou en peau de bœufs au moyen de poulies qui circulent sur des cables en fil de fer aboutissant tous à une énorme roue en bois qui sert à donner le mouvement.

Le gravier est légèrement lavé (l'eau est rare), puis on le passe au craddle, sorte de crible composé de trois tamis superposés. Dans le premier crible, restent les cailloux les plus gros, dans le second demeurent ceux de grosseur moyenne, le troisième reçoit le menu gravier. Ce dernier criblage est porté sur la table à trier et là au moyen d'un racloir on cherche si dans le tas il y a des diamants. Ces travaux sont longs et pénibles, aussi est-il nécessaire d'avoir plusieurs travailleurs nègres pour chaque claim.

Aux mines fluviales, on procède autrement; le cours d'eau à l'époque de la sécheresse laisse à découvert une partie plus ou moins grande de ses bords, le tout encombré de roches et de gros cailloux qu'il faut enlever. Ceci fait, on attaque la couche de vase qui est toujours mélangée avec des graviers et des fragments de quartz ou d'agate qui sont susceptibles de contenir des diamants.

Cet amas de vase, de limon durci et de matières minérales est porté aux cuves à laver qui sont placées directement au bord de l'eau, puis ensuite au craddle et enfin à la table à trier.

Le pic et la pioche fonctionnent jusqu'à ce que le mineur rencontre le roc dûr qui est presque toujours à deux ou trois pieds de profondeur.

Le travail des diggings humides n'entraine pas avec lui la poussière qui est un des plus grands inconvénients des mines sèches: la situation non plus, n'est pas la même, et vous conviendrez avec moi qu'il vaut mieux travailler dans un lieu frais et ombragé, plutôt que de peiner dans un trou sans air, sous les rayons ardents du soleil africain. Le mineur doit exercer une grande surveillance et malgré toutes les précautions qu'il peut prendre, il est volé par ses travailleurs nègres qui ont un talent particulier pour découvrir un diamant et l'escamoter.

Les serpents sont assez nombreux dans le pays et leurs morsures sont à craindre; le palefrenier zoulou de l'hôtel où nous avions mis pied à terre à Klipdrift me raconta qu'un jour, en allant faire du fourrage de l'autre côté du fleuve, il faillit être victime de la morsure d'un serpent des plus dangereux. Il se disposait à s'étendre à l'ombre pour se reposer un peu, lorsqu'il entendit un sifflement aigu qui lui fit tourner la tête. C'était un serpent qui se déroulait menaçant; saisissant un tison enflammé qui était à sa portée, il se précipita sur le reptile qui fut un instant effrayé, profitant de ce moment d'hésitation dans l'attaque, le zoulou joua du couteau et il réussit à trancher la tête du serpent qui tomba mort à ses pieds.

La saison allait devenir mauvaise, il fallait nous hâter si nous ne voulions pas trouver impraticables les chemins que nous devions suivre. Après 15 jours de repos, nos bêtes pouvaient reprendre la route et tout nous faisait espérer qu'elles soutiendraient vaillamment les fatigues du voyage.

Il nous fallut cinq jours pour nous rendre à Bloemfontein, capitale de l'Etat libre d'Orange; ce qui nous retarda un peu, ce fut le passage de la Moder, rivière boueuse aux rives souvent escarpées. Notre entrée dans la capitale fut moins que triomphale, nous y arrivâmes la nuit, par une pluie battante et ce n'est qu'après avoir pataugé dans plusieurs rues boueuses, qu'il nous fut possible de trouver une hôtellerie.

AU PAYS DES DIAMANTS

NOUVELLE

(Planche XII) C'était un serpent qui se déroulait menaçant

(13) AU PAYS DES DIAMANTS

(NOUVELLE)

Le lendemain, à notre réveil, le soleil brillait d'un vif éclat; on aurait cru qu'il tenait à faire changer notre impression première sur la petite ville où nous venions d'arriver. En effet, Bloemfontein nous apparut sous un tout autre aspect que la veille; les rues n'étant plus détrempées avaient une apparence de propreté fort convenable; les habitations propres et bien construites n'ont souvent qu'un rez-de-chaussée, et toutes sont entourées de jardins fleuris et de massifs d'arbres dont le feuillage épais ombrage les rues. Un petit cours d'eau rafraichit la ville, qu'il traverse en gazouillant sur des galets dorés.

Nous ne pouvons demeurer longtemps à Bloemfontein, il faut partir et nous lancer à travers la steppe où nous ne rencontrerons plus que quelques fermes fort éloignées les unes des autres; puis nous franchirons la chaine des monts du Dragon sur le versant opposé desquels nous trouverons la colonie de Natal, but extrême de notre voyage.

Sur notre gauche, nous laissons la ville nègre de Taba-Nschu, capitale des Barolongs ; j'aurais voulu visiter cette cité curieuse, mais le temps nous manque, il faut passer sans s'arrêter.

Quatre jours après, nous avons rencontré une rivière, affluent du fleuve Orange et sans la traverser nous en avons remonté le cours jusqu'à sa source qui est au défilé du Colenso, point qui nous a été indiqué comme étant un des défilés les plus faciles à traverser.

Chemin faisant, nous avons séjourné deux jours dans une ferme, la dernière que nous devions rencontrer avant d'entrer dans le Basoutoland et là, de concert avec le fermier, nous avons chassé le rhinocéros, ce qui m'a fort intéressé. Cette chasse est dangereuse, le rhinocéros est un adversaire redoutable qui ne recule pas pour attaquer son ennemi et défendre sa vie menacée.

Accompagné de plusieurs serviteurs indigènes, notre hôte nous conduisit à plusieurs milles de son habitation, sur le bord d'un ruisseau où d'après ses conjectures nous devions rencontrer un couple de rhinocéros.

En effet, après une heure environ d'une marche pénible à travers les hautes herbes et les arbustes de la plaine, nous nous trouvâmes à une demi-portée de fusil des animaux que nous voulions chasser.

L'un d'eux, le plus gros, était couché, tandis que le plus petit, celui que nous prenions pour la femelle, se désaltérait dans le ruisseau, à quelques pas plus loin.

Notre hôte, après nous avoir divisé en deux groupes nous fit abriter derrière quelques touffes de Mimosas qui poussaient dans ce lieu humide, puis il s'avança seul pour tirer le premier coup de feu sur l'un ou l'autre des rhinocéros que nous avions devant nous. Il allait lentement, s'arrêtant au moindre mouvement fait par les deux animaux ; enfin je le vis se dissimuler davantage à l'abri de quelques graminées qui se trouvaient peu éloignées des rhinocéros, puis il épaula lentement sa carabine et fit feu sur le plus gros des deux.

L'animal était blessé, il poussa un cri formidable et sembla vouloir courir sur son agresseur pour le terrasser et l'écraser sous ses pieds; mais prompt comme l'éclair, le Boer tira le second coup de sa carabine arrêtant ainsi l'élan du rhinocéros qui vint s'abattre à un mètre du ruisseau sur les rives duquel il se reposait quelques instants avant, tranquille et confiant.

La femelle un instant indécise, s'enfuit dans une course affolée renversant les buissons et écrasant tout sur son passage. Sa retraite fut saluée par une décharge générale, mais notre poudre fut brûlée inutilement et nos balles durent s'aplatir sur la cuirasse du pachyderme.

Le rhinocéros est caractérisé par une ou plusieurs cornes qu'il porte placées sur le nez; chez les races à corne double, l'antérieure, placée sur le devant du museau, est la plus grosse; la postérieure est placée entre les yeux. Cet animal est surtout remarquable par l'épaisseur et la dureté de sa peau, lâche sur le cou et pendante sous la gorge; ses oreilles sont droites, longues et dégarnies de poils; ses pieds sont terminés par des sabots.

Espèces voraces en général, les rhinocéros se nourrissent de racines, de fruits et de jeunes pousses d'arbres; tous craignent la sécheresse et la grande chaleur.

AU PAYS DES DIAMANTS

NOUVELLE

(Planche XIII) Le rhinocéros vint s'abattre à un mètre du ruisseau

(14) # AU PAYS DES DIAMANTS

(NOUVELLE)

La taille du rhinocéros lui fait occuper le second rang parmi le quadrupèdes; il atteint facilement une hauteur de 2m 30, sur une longueur de 3m 50 à 4m. L'ensemble de ce monstre est loin d'être gracieux : il a les épaules larges et puissantes, le cou ramassé, la tête massive; ses yeux qui sont placés très bas sont ternes et stupides; son ventre est gros et traînant; sa passion la plus grande est de se rouler dans la vase aussi est-il toujours recouvert d'une épaisse couche de boue sèche.

Le lendemain de cette chasse émouvante, notre voyage fut repris et deux jours après nous étions campés au pied des monts du Dragon que nous avons réussi à franchir après bien des difficultés et beaucoup de fatigue; si au lieu d'être montés sur de bons chevaux et d'avoir des chariots légers, nous avions eu l'équipage ordinaire d'un voyageur Boer, c'est-à-dire quatre ou cinq de ces lourds véhicules traînés par des bœufs, nous aurions couru le risque de rester en route.

Le col qui nous avait été indiqué comme étant le plus accessible, atteint en de certains endroits une altitude de cinq mille pieds; à mesure que nous montions, le site se modifiait et devenait plus grandiose; à chaque pas nous faisions fuir des oiseaux, hôtes habituels de ces lieux escarpés : aigles et vautours qui tournoyaient sur nos têtes en poussant des cris aigus.

Vers deux heures de l'après-midi, nous étions au point le plus élevé de notre défilé, devant nous se développait un magnifique panorama : c'était le beau pays de Natal avec ses prairies verdoyantes, ses nombreux cours d'eau et ses montagnes aux vallées ombreuses et touffues. Pour ceux-là seuls qui ont visité les montagnes de la Suisse, il est possible de se faire une idée de la beauté du paysage qui s'offrait à nos yeux.

Il fallut descendre; après bien des précautions et des haltes fréquentes, nous avons campé dans une vallée auprès d'un groupe d'habitations; c'était le petit village de Colenso où il nous fut facile de trouver des provisions de toutes sortes.

Le lendemain matin, après avoir franchi un torrent qui coule près du village, nous avons foulé le sol du territoire de Natal.

Jusqu'à Durban, notre voyage fut une véritable promenade; nous rencontrions de temps à autre quelques zoulous isolés qui nous saluaient fièrement de leur *Sakou-Bona* (nous t'avons vu). Le zoulou est un homme fier qui se croit l'égal de l'Européen, et s'il consent à le servir c'est qu'il veut s'amasser un peu de richesses pour vivre ensuite heureux et envié parmi les siens.

Nous avons passé à Pietermaritzburg charmante petite ville dont on aperçoit de fort loin les jolies maisons semées sur un vaste fond vert. Nous avons suivi de belles rues spacieuses, et nous avons passé devant le magnifique palais du gouverneur de la colonie. Pendant que nos bêtes prenaient un peu de repos, j'ai visité un parc magnifique orné de plantes aussi belles que variées et où chaque jour le public se réunit pour causer et jouir d'un peu de fraîcheur; deux fois la semaine, la musique militaire y donne un concert, on se croirait en Europe.

Pietermaritzburg a une population que l'on peut évaluer à 4,000 habitants; c'est la capitale de la colonie et le siège des autorités.

A mesure que nous approchons de Durban, nous remarquons que les cultures varient à chaque pas, la splendeur du paysage augmente et s'accentue; nous allons toujours et enfin, du sommet d'une montagne, nous apercevons l'Océan Indien, puis la belle baie de Durban que les Africains comparent au golfe de Naples. Les habitations de la ville s'étagent en amphithéâtre autour de cette baie magnifique, dans un fond de verdure luxuriante et sous le beau soleil d'Afrique.

Enfin nous sommes au terme de notre voyage et c'est avec un plaisir bien explicable, que je m'étendis dans un bon lit à l'hôtel d'Angleterre; je réservais pour le lendemain ma visite à la famille de Charlet dont l'habitation est à deux milles de la ville.

Durban est le port principal de la colonie, son commerce est très important; on exporte des laines, des sucres, du café, de l'ivoire, etc., la population est d'environ 1.200 habitants. Nous y avons un comptoir, sorte de succursale de notre établissement de Cape-Town et les transactions qui s'y font annuellement sont fort importantes, surtout en ce qui concerne le commerce de l'ivoire; il y a, dans les plaines du nord, des forêts qui servent de refuge à de nombreux troupeaux d'éléphants auxquels les habitants font une chasse active.

Durban est une cité appelée à un grand avenir; ses rues sont larges et bien bâties et la montagne, à laquelle elle est adossée, la préserve des vents violents de l'intérieur.

AU PAYS DES DIAMANTS

NOUVELLE

(Planche XIV) Durban (Port-Natal)

(15) **AU PAYS DES DIAMANTS**

(NOUVELLE)

Le lendemain, après m'être fait annoncer par un messager porteur d'une lettre, je me rendis chez M. de Charlet, à la villa des Mimosas : il est superflu de vous dire avec quelle affabilité je fus accueilli, mes amis ne m'avaient pas oublié, et je vis avec joie que rien n'était changé dans nos projets.

« Nous vous attendions, me dit Mlle Jeanne, nous avons ici notre acquéreur et nous tenons à vous avoir près de nous pour terminer la cession et fixer le jour de notre départ pour la France ; le paquebot sera ici dans huit jours et après un court délai, il repartira pour l'Europe en passant par Cape-Town, ce qui vous permettra de prendre à l'hôtel les bagages que vous avez dû y laisser. Vous avez votre chambre ici et vous ne nous quitterez plus ; oh ! que je suis heureuse de revenir en France ! »

La villa des Mimosas est une ferme considérable où le planteur peut se livrer à toutes les cultures comme à tous les genres d'élevage, je vous avoue que je regrette beaucoup cette habitation dont le plus grand défaut à mes yeux est d'être loin de France, loin de Paris. M. de Charlet y a fait sa fortune, et je le crois. J'ai visité les champs de canne à sucre, le vignoble dont les produits sont fort estimés, la plantation d'indigo, les champs de caféier de Liberia, variété bien supérieure à celles qui sont cultivées dans nos colonies françaises où elle commence à être connue.

M de Charlet cultive l'ananas, il en expédie beaucoup en Europe sous forme de conserves, le surplus de la récolte est transformé en alcool et consommé dans la colonie, au Cap et aux mines de diamants.

Les troupeaux sont nombreux ; chaque année le domaine des Mimosas livre à la consommation plus de deux mille bœufs et près des cinq mille moutons ; c'est la source d'un bien grand revenu ; il ne faut pas oublier la basse-cour des autruches et le grand Kraal ou enclos des chevaux.

L'habitation est magnifique, avec ses toitures à l'italienne et ses vastes dépendances dont les assises viennent se mirer dans les eaux limpides d'une rivière où circulent des barques du genre indien.

Le corps de logis principal semble fait d'un seul bloc de granit rose dans lequel l'architecte aurait ménagé des colonnades d'ordre ionique, supportant un étage orné également de colonnes appartenant au même ordre architectural.

Autour de cette habitation princière, s'étend un parc immense, véritable labyrinthe de verdure où aux heures chaudes du jour on vient respirer la fraîcheur que fournissent les arbres et les eaux.

A chaque pas, le promeneur est émerveillé, ce ne sont que charmilles, rotondes, quinconces voutés par les feuilles larges des mimosas, des néfliers, et des magnolias, dont les fleurs embaumées répandent partout leurs suaves effluves. Des milliers d'oiseaux habitent ce palais de verdure et rien n'est doux aux oreilles et à l'âme comme leurs chants et leurs doux gazouillements qui se mêlent parfois au murmure des eaux, s'échappant des cascades voisines ou au sussurement du zéphir passant léger dans les feuilles des grands arbres.

C'est là que nous nous promenions, parlant de la France que nous allions bientôt revoir et de la vie à deux qui bientôt commencerait pour nous ; oh ! les heures délicieuses que j'ai passées là-bas, sur cette côte perdue du grand continent africain ; comme mon cœur battait à l'unisson de celui de ma douce fiancée, et combien j'étais heureux de me sentir l'ami d'une famille aussi digne et aussi bonne.

Je m'oublie dans ce souvenir du passé que j'aimerai toujours à évoquer ; ma vie a réellement commencé depuis ce voyage mémorable au sud de l'Afrique et je n'oublierai jamais l'affection que j'ai trouvée dans la famille de Charlet.

J'avais devant moi une douzaine de jours avant le départ du paquebot, c'était plus qu'il ne m'en fallait pour assister à la chasse à l'éléphant que M. Larrivière venait d'organiser, de concert avec le chef de notre succursale de Durban.

AU PAYS DES DIAMANTS

NOUVELLE

(Planche XV) Villa des Mimosas

(16) # AU PAYS DES DIAMANTS

(NOUVELLE)

Aprés avoir reçu force recommandations et avoir fait la promesse d'être prudent, j'allai rejoindre mes compagnons de chasse à trois milles au nord de Durban ; nous étions quinze chasseurs marchant sous la conduite d'un vieil anglais, le meilleur tueur d'éléphants de toute la Colonie.

Le terrain de chasse était éloigné, aussi avions-nous pris des vivres pour six jours et des munitions en quantité suffisante. Le deuxième jour, vers dix heures du matin, un Cafre que nous avions envoyé en avant, vint en toute hâte nous prévenir qu'à un demi-mille en avant il avait aperçu un nombreux troupeau d'éléphants en train de brouter des jeunes tiges de mimosas et de gommiers.

Après nous être approchés avec beaucoup de précaution, nous découvrîmes le troupeau dans une plaine couverte d'arbres et d'arbustes nains.

Sans perdre de temps, le cercle fut formé et au moment où ils s'y attendaient le moins, une décharge générale vint troubler la sécurité des malheureux pachydermes qui prirent la fuite en brâmant avec épouvante. Plusieurs étaient blessés; notre cercle se referma davantage et à un moment donné, je vis venir vers moi un énorme mâle qui s'en allait en humant l'air de sa trompe relevée.

Ma situation devenait critique ; dans ces chasses chacun songe à soi et mes compagnons couraient les mêmes dangers que moi. Je suis bon tireur et, à quarante pas, il m'est facile de briser un œuf de pigeon; comprenant l'imminence du péril, je ne perdis pas mon sang-froid et épaulant ma lourde carabine de chasse je visai au milieu du crâne ; mon tir avait été un peu tremblant, malgré cela l'éléphant fut touché, il tomba sur ses genoux en poussant un mugissement formidable et au moment où il allait se relever je lui tirai mon autre balle dans l'oreille; j'étais à deux pas de distance. L'éléphant tomba lourdement pour ne plus se relever; quelques instants après, deux vautours cherchaient à s'approcher de son cadavre.

Débarrassé de mon ennemi, je pus m'occuper de mes compagnons; les uns avaient fui, les autres, hors de danger, étaient demeurés à leur poste; deux, opérant comme moi avaient fait deux victimes.

Notre retour à Durban fut un petit triomphe; et pour ma part, je fus heureux d'offrir à ma fiancée les dépouilles de l'énorme pachyderme que j'avais abattu et qui, je puis bien l'avouer entre nous, m'avait fait une fière peur.

La masse imposante du corps de l'éléphant, ses mœurs douces et sociables, l'air grave et sérieux de ses mouvements, la facilité avec laquelle il se sert de sa trompe, ont dans tous les âges appelé sur lui l'attention des hommes.

L'éléphant a les yeux petits, mais son regard est doux et intelligent; ses oreilles sont grandes et mobiles, il peut les ramener en avant et s'en essuyer les yeux; sa queue est courte les pattes sont proportionnées au poids qu'elles doivent porter. Le cou est court, mais la tête est énorme; en effet, pour que les défenses soient fixées solidement dans leurs alvéoles, il faut que ces dernières se trouvent creusées dans l'épaisseur des os de la tête ; de là augmentation considérable de cette partie du corps.

A l'état sauvage, les éléphants vivent en petites troupes sous la conduite du plus vieux mâle ; ils habitent les forêts marécageuses où ils trouvent facilement leur nourriture qui est essentiellement végétale. Dans l'Inde et aussi un peu en Afrique, l'éléphant est employé comme bête de somme, certains rajahs s'en servent comme monture de guerre.

Nous avons dit adieu à nos amis du Cap, et maintenant je suis à Paris, où depuis mon mariage avec Mlle Jeanne de Charlet je suis associé dans l'ancienne maison Salvage et Beaugilet.

De mon voyage il est résulté ceci, c'est que le ralentissement dans nos transactions provient de la découverte des mines de diamants où tout le monde se rend et beaucoup de nos fournisseurs ont laissé le fusil et la chasse pour prendre le pic du mineur. Aussi avons-nous décidé d'établir un nouveau comptoir au centre des mines, qui nous permettra d'échanger nos produits manufacturiers contre les précieuses pierres qui appellent là-bas tant de gens appartenant à des nationalités bien diverses.

(Fin) A. COOK

AU PAYS DES DIAMANTS

NOUVELLE

(Planche XVI) L'Eléphant tomba pour ne plus se relever

AU PAYS DU SOLEIL

IDYLLE

(1) # AU PAYS DU SOLEIL

(IDYLLE)

Je venais d'achever un travail qui m'avait été confié par le ministère de la marine; il s'agissait du relèvement topographique des côtes Guyanaises, depuis les bouches de l'Amazone jusqu'au delta du fleuve Maroni.

De l'Amazone à l'Oyapock, j'avais travaillé sur le contesté franco-brésilien, cette Guyane Indépendante si riche et si belle, véritable nid de verdure et de fleurs où vivent des milliers d'oiseaux aux couleurs éclatantes et au vol léger, plus semblables à des aigrettes en diamants qu'à des êtres animés.

J'ai vu Counani, le centre le plus importante du pays, j'y ai vécu plusieurs mois au sein d'une famille hospitalière composée du père, M. Daumas, de la mère et de leur fille Marguerite; l'affection sincère et les attentions délicates dont j'ai été entouré, m'ont fait trouver bien douces les heures d'exil momentané qu'il m'a fallu passer dans ce coin ignoré des hommes.

J'ai chassé le tapir et le pécari; j'ai remonté le fleuve dans un léger canot creusé dans un tronc d'angélique, naviguant sous la voûte sombre du grand bois qui borde les rives du Counani; puis quittant la forêt gonflée de sève et de vie, où les lianes aux fleurs multicolores s'élancent légères vers le ciel qu'elles semblent vouloir atteindre pour y puiser un peu de cette chaleur vivifiante que le soleil déverse sur la terre, j'ai parcouru quelquefois seul, le fusil sur l'épaule, et les pieds chaussés de bottes en peau de sanglier, les immenses savanes qui se déroulaient devant moi, semblables à une mer infinie et où vivent dans la paix profonde du désert, des animaux inconnus, des insectes aux élytres d'or et des serpents aux teintes de bronze et d'acier.

C'est là également que vivent les facenderos, ces hommes énergiques qui ne reconnaissent d'autre maître que Dieu, et qui règnent sans partage sur le coin de savane qu'ils ont choisi.

Partout et chez tous, j'ai trouvé le même accueil cordial, désintéressé, et ma vie, dut-elle durer un siècle, jamais je n'oublierai l'affabilité et la douceur de ces braves gens.

J'avais laissé là-bas la moitié de moi-même, la fille de mon hôte, ma douce Marguerite, ma fiancée.

Je la vois encore, chastement drapée dans les plis de sa robe blanche simplement retenue par un mignon ruban bleu et coiffée d'un de ces légers chapeaux que les indiennes du pays excellent à tresser avec des feuilles de bananier et des jeunes tiges de bambous coquettement entrelacées. Ses grands yeux noirs, miroir de son âme innocente, brillaient d'un vif éclat et répondaient aux miens, dans ce langage muet et doux que connaissent seuls ceux qui ont vraiment aimé.

Le jour de mon départ, à l'heure pénible des adieux j'ai promis de revenir bientôt et cela seul a suffi pour ramener le sourire sur son visage baigné de pleurs. Longtemps encore, après que le bateau qui m'emmenait eut levé l'ancre, et alors que nous descendions le fleuve rapide j'ai aperçu sa silhouette gracieuse et la gaze légère qu'elle agitait pour m'envoyer un dernier adieu ; puis tout disparut dans un détour du fleuve et bientôt après, le bateau doublait le cap pour entrer dans l'Océan et faire voile vers Cayenne.

Jusqu'à l'Oyapock, la côte est couverte de forêts de palétuviers dont la teinte vert sombre se marie agréablement avec la pourpre sanglante du chaud soleil des tropiques.

AU PAYS DU SOLEIL

IDYLLE

(Planche I) J'ai parcouru seul le fusil sur l'épaule

(2) # AU PAYS DU SOLEIL

(IDYLLE)

Lorsque mes notes et mes relevés furent classés, puis réunis en un volumineux mémoire, je m'empressai de remettre le tout au gouverneur de la Guyane et je profitai de l'occasion pour solliciter un congé que je croyais avoir mérité; la réponse ne se fit pas attendre outre mesure, trois mois de repos m'étaient accordés.

Rien ne me retenant plus à Cayenne, je pris passage sur un de ces légers bateaux qui font souvent la traversée de Counani à Cayenne où ils viennent porter de la farine de manioc appelée couac, des poissons, des fruits et un peu de bétail.

Ces bateaux, qui sont construits à Counani, mesurent environ 20 mètres de longueur et chose bizarre, ils sont carrés de l'avant comme de l'arrière. L'équipage est toujours restreint, le patron, deux matelots et un mousse, voilà tout ce qu'il y a pour la manœuvre d'une barque qui jauge généralement de quinze à vingt tonneaux.

Malgré la fragilité de l'esquif et la faiblesse numérique de l'équipage, mon voyage se fit dans d'assez bonnes conditions et six jours après avoir quitté Cayenne, nous arrivions en rade de Counani où je fus reçu comme un ami qui est attendu depuis longtemps.

Counani est un charmant village qui s'étend paresseusement le long du fleuve où il vient puiser la fraîcheur qui est si précieuse dans ces régions tropicales quand, aux heures chaudes du jour, les rayons du soleil tombent en gerbes de feu sur la terre endormie. Les rues sont larges, mais les maisons qui les bordent n'ont aucune prétention à l'architecture ; beaucoup ne sont que de simples carbets, les plus confortables sont construites avec le bois de la forêt; pour ce qui est de la toiture, elle est faite avec ces larges feuilles de palmiers dont la moindre pèse toujours plus de quinze kilogrammes.

Souvent le matin à la première lueur de l'aube nous partions, Marguerite et moi, montés sur des chevaux dociles pris dans la savane et nous allions lentement, respirant les senteurs parfumées que nous portait la brise passant à travers l'étendue des herbages solitaires. Nous aimions à nous arrêter à quelques pas de la forêt, près d'un petit ruisseau dont l'eau limpide et cristalline s'écoulait en gazouillant, sur un lit de cailloux roses et blancs; là, loin des yeux et des passions du monde, nous causions, faisant des projets d'avenir: je lui parlais de la France, cette terre chérie qu'on ne peut oublier et où je devais la conduire aussitôt après notre mariage.

Un matin, nous étions assis depuis quelques instants, lorsque je crus remarquer chez nos chevaux des signes extraordinaires d'agitation ; au même instant un mugissement assez semblable au miaulement du chat vint troubler le grand silence qui nous entourait. C'est le cri du jaguar, me dit ma compagne en se pressant effrayée contre moi; fuyons, il en est temps encore, ce serait folie qu'essayer de lutter contre le terrible animal.

La frayeur de nos chevaux sembla redoubler; je me levai pour aller les prendre et essayer de nous mettre en selle, lorsque le mien fit un bond terrible et brisant la longe qui le tenait attaché, il prit la fuite emportant avec lui les cartouches de ma carabine. Nous restions avec un cheval et un fusil sans munitions de rechange; je n'avais que deux balles pour nous défendre d'un ennemi qui, à en juger par ses cris de plus en plus rapprochés, serait bientôt en face de nous Courage, dis-je à ma compagne, nous allons essayer de fuir avec le cheval qui nous reste. Je venais à peine de prononcer ces mots, que Marguerite me montra un énorme jaguar qui venait de se hisser sur un fragment de roc à quelques pas de nous En présence du danger qui nous menaçait, je ne perdis pas mon sang-froid et au moment où le tigre allait s'élancer sur nous, je pressai la détente et je lui envoyai une balle au milieu du front. La bête féroce roula sur le sol baignée dans son sang; par un bond terrible elle se releva, mais ses forces la trahirent, elle tomba pour ne plus se relever.

AU PAYS DU SOLIEL

IDYLLE

(Planche II) Un énorme jaguar venait de se hisser sur un fragment de roc

(3)

AU PAYS DU SOLEIL

(IDYLLE)

Enfin nous pouvions contempler notre dangereux ennemi étendu à nos pieds, et c'était sans doute la vue de son cadavre sanglant qui entretenait la frayeur du cheval qui nous restait. En effet, le malheureux animal semblait être aussi affolé que lorsque le jaguar plein de vie s'avançait vers nous, menaçant et terrible.

Mais notre quiétude fut de courte durée, un nouveau rugissement se fit entendre nous annonçant que tout danger n'était pas éloigné; au même instant, j'aperçus un second jaguar qui rampait vers nous, en passant sa langue sanglante sur ses moustaches hérissées.

Je comprenais maintenant pourquoi le cheval était toujours effrayé; je m'expliquais ses bonds et ses frissons de terreur, son instinct lui avait fait reconnaître le nouveau danger qu'il courait et par tous les moyens possibles, il cherchait à rompre les liens qui le retenaient au tronc d'acajou où je l'avais attaché.

Il fallait fuir au plus vite, et je me disposais à détacher le cheval, lorsque par un dernier effort il rompit ses liens; se sentant libre, il allait s'enfuir comme l'avait fait son camarade; mais prompt comme l'éclair, je réussis à l'arrêter au moment où il passait près de moi et saisissant ma compagne effrayée, je pus sauter en selle avec mon précieux fardeau.

Nous allions dans une course affolée, suivis par le jaguar qui bondissait derrière nous; la frayeur donnait des ailes à notre coursier, mais peu à peu je le sentis faiblir sous le double fardeau qu'il portait, le jaguar se rapprochait de nous, ses bonds prodigieux lui faisaient gagner du terrain.

Le danger que nous courions était imminent; si le cheval tombait, nous roulions avec lui et le jaguar serait sur nous avant que nous puissions nous relever; si le cheval allait encore un peu, le tigre finirait par nous atteindre et rien ne pourrait l'empêcher de sauter sur notre groupe; il fallait aviser.

Par bonheur j'avais conservé mon fusil; c'était ma suprême ressource, mais pourrais-je m'en servir ? Enfin, décidé à risquer mon va-tout, je recommandai à ma compagne de s'accrocher du mieux qu'elle pourrait, à la crinière du cheval et profitant d'un léger ralentissement dans notre allure, j'épaulai tant bien que mal et tirant un peu hasard, je fus assez heureux pour toucher le tigre. A quelle partie du corps ? je l'ignore; mais le résultat de ma tentative fut l'arrêt de la poursuite du jaguar qui suspendit sa course en poussant un rugissement de douleur, puis il disparut derrière un buisson d'aloès.

Il était temps de mettre un terme à cette chasse d'un nouveau genre, quelques pas encore puis notre cheval s'abattit nous entraînant dans sa chute.

Nous étions hors de danger; le malheureux animal qui nous avait aidé était là couché à nos pieds, respirant avec peine, une demi-heure de repos le remit complètement et quelques instants après nous étions au village où notre cheval fugitif était rendu depuis longtemps. Nos amis, inquiets, se disposaient à venir à notre rencontre la vue du cheval sans son cavalier leur avait fait pressentir un malheur.

Cette aventure de tigres fait époque dans ma vie et aujourd'hui encore je ne puis y songer sans frémir.

Que vous dirai-je de plus? A l'expiration de mon congé je revins à Cayenne et mon mariage avec Marguerite fut célébré quelques jours après mon arrivée dans le chef-lieu de la colonie; le gouverneur fut un de mes témoins. Aujourd'hui nous partageons notre temps entre nos parents de France et nos amis de Counani.

J'aime ce beau pays du soleil où tout dans la nature est grandiose et sublime; là je suis heureux, je me sens vivre et j'ai l'amitié de ces hommes libres et désintéressés, hardis pionniers de la civilisation qui chaque jour, portent plus avant dans ces terres vierges, le drapeau du progrès et de la liberté.

(Fin)

A. Cook.

AU PAYS DU SOLEIL

IDYLLE

(Planche III) Nous allions dans une course affolée

LES HIRONDELLES

NOUVELLE

(1) # LES HIRONDELLES

(NOUVELLE)

Légères hirondelles,
Oiseaux bénis de Dieu,
Ouvrez, ouvrez vos ailes,
Envolez-vous, adieu.
(MIGNON).

I.

Mon ami Charles Colson est un charmant garçon, beau cavalier, bon camarade, en un mot un parfait gentleman. Il aime la campagne avec passion, et cependant il habite Paris pendant six mois de l'année.

Riche, il a des goûts d'artiste, et c'est avec plaisir qu'il voit arriver les beaux jours qui lui permettent de quitter la capitale pour venir se retremper à l'air pur des champs.

Il possède une coquette maison de campagne à Beaumont-du-Périgord; c'est une charmante habitation en forme de châlet, avec parterre sur le devant et dans le fond, un petit bois formant parc. Partout des fleurs; des rosiers grimpants et des jasmins aux senteurs enivrantes, grimpent le long des murailles en s'accrochant aux rugosités formées par le crépissage à gros grains qui donne à l'habitation un caractère à la fois rustique et distingué. L'ensemble de tout cela est délicieux et je comprends pourquoi mon ami Charles aime à venir passer dans ce nid de verdure les beaux mois du printemps; c'est là qu'il abrite ses rêveries, ses songes de la vingtième année.

Les hirondelles, gracieuses messagères des beaux jours, que nous aimons à voir revenir chaque année près de nous ont deviné en Charles un ami, un protecteur; aussi, jamais pareille quantité de nids ne m'a semblé s'abriter aux corniches d'une maison; il est bon d'ajouter que recommandation a été faite au gardien du chalet de respecter ces frêles constructions de terre et c'est plaisir,quand revient le printemps, de voir arriver ces amis du logis qui, par leur gazouillement joyeux semblent remercier le maître d'avoir préservé leurs demeures.

Cet amour pour les hirondelles prouve le bon cœur de mon ami; c'est en effet une nature d'élite, et bien heureuse sera la jeune fille qui fera battre son cœur (j'avais oublié de vous dire qu'il est encore garçon).

Lorsqu'il est en villégiature à Beaumont, Charles se lève bien souvent à l'aube pour aller dans la campagne, faire de longues promenades à cheval; suivant rarement les grandes voies, il aime à chevaucher par les sentiers perdus, dans les chemins creux que bordent les vieux ormes aux troncs noueux et tourmentés. L'odeur douce des roses sauvages, le parfum pénétrant des aubépines en fleurs, l'âcre senteur des herbes qui bientôt vont mûrir, le charment et le pénètrent, il jouit de ce renouveau dans la nature, il est heureux !

LES HIRONDELLES

NOUVELLE

L'on pouvait apercevoir le moulin du Jarry

(2) **LES HIRONDELLES**

(NOUVELLE)

II.

Dans les premiers jours du mois de mai de l'année passée, il suivait au retour de sa promenade, le chemin qui va de Monsac à Beaumont; il allait rêveur, les yeux perdus dans l'infini, laissant son cheval marcher au gré de ses désirs; la bonne bête profitait de cet abandon pour happer au passage quelques jeunes pousses d'églantiers, ou pour tondre l'herbe fine du talus qui borde le chemin pittoresque et accidenté que son maître lui faisait suivre; Charles rêvait; peut-être rimait-il quelques strophes à l'adresse d'une amie? mais non, je n'en sais rien; j'ai là des suppositions... est-ce que je sais? Il allait ainsi, lorsque brusquement il fut arraché à sa rêverie par ces paroles prononcées d'une voix inquiète: « Oh mon Dieu! la pauvre bête! elle a dû se briser dans sa chute. »

Instinctivement, Charles leva les yeux; il était en présence de la plus belle apparition qu'un jeune homme puisse désirer: il vit, accoudée à la fenêtre d'un kiosque qui donnait sur la route, une gracieuse jeune fille qui à sa vue, devint rougissante.

En galant homme, Charles salua: puis prenant en main les rênes qu'il avait un instant abandonnées, il allait continuer sa promenade, lorsque s'armant de courage, la charmante enfant lui dit: « Au moins par pitié, Monsieur, ramassez cette pauvre hirondelle qui est tombée là, sur la pierre du chemin; la pauvrette s'était imprudemment avancée sur le bord de son nid.

Mon ami s'empressa de mettre pied à terre et de ramasser le pauvre oiselet qui, meurtri et inquiet se dissimulait de son mieux dans les herbes qui bordent le sentier.

Puis, remontant en selle et se dressant sur ses étriers, il réussit à mettre dans la main de la jeune fille, la petite hirondelle, cause de cet incident.

« Oh! merci, monsieur, lui dit sa belle interlocutrice avec un gracieux sourire: grâce à vous je vais pouvoir remettre dans son nid cette petite écervelée qui serait certainement morte de faim, si vous ne l'aviez pas secourue.

« Dans le pays chacun dit que quiconque protège les hirondelles doit être heureux; cela vous portera bonheur. »

Tout cela fut dit avec une grâce charmante, et mon ami, après avoir salué la jeune fille, prit congé d'elle en lui disant qu'il était heureux de s'être trouvé là pour l'aider à faire une bonne action: j'aime les hirondelles ce sont mes favorites

Jusqu'à Beaumont il songea à son aventure; le soir il vint me trouver et lorsqu'il m'eut appris ce qui lui était arrivé, je m'empressai de lui donner les renseignements qu'il brûlait de connaître. « Mon cher ami, lui dis-je, la jeune fille que vous avez rencontrée ce matin, est Mlle Elina de Laroque, la fille unique du riche banquier de Bergerac; dans le pays, tout le monde la connait et l'estime.

III.

Le lendemain, lorsqu'elle s'éveilla elle était songeuse: toute pensive, elle vint s'accouder à sa fenêtre qu'elle ouvrit. Aussitôt deux gentilles colombes vinrent solliciter de leur jeune maîtresse les caresses que chaque matin elle leur prodiguait.

Mais leurs roucoulements et leurs battements d'ailes ne purent tirer la belle enfant de sa rêverie; sans prendre son peignoir de dentelles, elle était venue s'accouder à la fenêtre, dans son léger costume de la nuit: et là, nue et seule, les yeux perdus dans l'infini elle songeait, pressant inconsciemment sur son sein ses deux oiseaux favoris.

Au loin, le soleil montait à l'horizon; ses premiers rayons, perçant les feuilles des arbres voisins pénétraient un à un dans la chambre virginale où quelques instants avant la jeune fille reposait.

Tout s'éveillait; les oiseaux chantaient dans les bosquets du parc, depuis longtemps l'alouette avait lancé sa chanson matinale, les hirondelles commençaient leurs chasses et leurs courses aériennes.

(3) # LES HIRONDELLES

(NOUVELLE)

Au loin, derrière un vert rideau de peupliers et d'aulnes au feuillage argenté, l'œil pouvait apercevoir le moulin du Jarry perdu dans la frondaison verte et mirant dans la nappe limpide du ruisseau ses murs blancs et ses tuiles rouges recouvertes d'une légère couche de cette poussière blanche qui s'échappe des blutoirs d'un moulin en activité.

Le meunier, debout avant l'aube avait depuis longtemps levé les vannes qui retiennent l'eau dans le réservoir et celle-ci en se précipitant sur la roue, jaillissait en gerbes d'argent, formant une écume blanche qui *s'irradiait* aux rayons du soleil naissant.

Elle songeait, la fille chérie du financier; sans se rendre compte que son cœur battait plus vite dans sa poitrine, elle revoyait l'ami qui la veille avait secouru ses chères hirondelles, dont chaque jour elle surveillait les ébats avec un intérêt digne de son bon cœur.

Il devait être bon, celui qui comme elle s'était apitoyé sur le sort de la pauvrette tombée du nid; le reverrait-elle ? d'où venait-il ?

Autant de questions que son cœur se posait et auxquelles il lui était impossible de répondre.

Mais un coup discret vient d'être frappé à sa porte: rappelée à la réalité par cet appel d'une de ses suivantes, elle se vit demi-nue à sa fenêtre entr'ouverte, offrant aux baisers de l'aurore et aux caresses de la brise son beau sein d'albâtre. Honteuse et confuse, elle écarta les colombes qui reprirent leur vol dans le ciel bleu, puis elle se retira dans sa chambre pour procéder à sa toilette du matin.

IV.

De son côté, Charles avait peu dormi; à chaque instant, la douce vision de la veille se présentait à sa pensée et inquiet, il se demandait si jamais il pourrait revoir la jeune fille dont le souvenir le troublait ainsi.

Ce jour-là, il reprit le chemin parcouru la veille, et soit effet du hasard, soit attraction mutuelle, nos deux amis purent se voir et échanger un gracieux salut. Mais cela ne pouvait suffire; l'amour avait pris ces deux cœurs faits l'un pour l'autre, d'où naitrait la circonstance qui devait les faire se rencontrer ?

J'étais là; ami intime de M. de Laroque, je présentai mon ami Charles, qui par sa bonne humeur, par ses manières franches et ouvertes parvint à gagner l'affection des parents de mademoiselle Elina.

Nos deux jeunes gens étaient heureux, ils pouvaient se voir chaque jour; confident de l'un et de l'autre, je ne pus que conseiller à mon ami de se déclarer ouvertement à M. de Laroque ce qu'il fit peu de jours après.

Sa demande fut accueillie comme elle méritait de l'être; en homme pratique, M. de Laroque devinant ce qui devait arriver, avait pris les renseignements d'usage et c'est avec un sourire vraiment paternel qu'il répondit à Charles en le conduisant auprès de Mlle Elina « Mon gendre, embrassez votre femme. »

Aujourd'hui ils sont unis, j'ai assisté à leur mariage et la jeune épouse croit plus que jamais que l'hirondelle est un oiseau béni de Dieu et que le bonheur n'abandonne jamais celui qui les protège.

TABLE DES MATIÈRES

contenues dans ce volume

II

www.ingramcontent.com/pod-product-compliance
Lightning Source LLC
LaVergne TN
LVHW012007220826
846092LV00001B/266

9782329792804